JN179003

殺しに来た男

ものぐさ右近人情剣

鳴海　丈

Narumi Takeshi

文芸社文庫

目次

第一話 玉 手 箱

1

「だ、旦那、旦那ーっ」

裏木戸を蹴破るようにして庭へ飛びこんで来た神田相生町《あいおい》の岡っ引の左平次は、その勢いのまま、草履を蹴り捨てて縁側に駆け上がった。

「おいおい……こんな朝早くから、旦那の大安売りだなあ」

夜具の中の秋草右近は、まだ寝たりぬと渋る目を半分だけ開いて、

「むぅ…晴れたか、ようやく梅雨明けかな」

のっそりと上体を起こして、大あくびをする。

「旦那、そんな呑気なことを言ってる場合じゃありませんよっ」

「まあ、落ち着け。起き抜けの一服くらいさせろよ」

右近は、枕元にある煙草盆を引き寄せた。左平次は、苛立たしげに両手を震わせて、

「それどころじゃないんだ。お蝶姐御《あねご》がねぇ…」

「お蝶?」

煙管《きせる》に煙草の葉を詰めながら、右近は家の中を見回す。元美人掏摸の姿は、どこにもない。

「そういえば、明け方に起き出した気配はあったが……どこへ行ったのかな、あいつ。豆腐でも買いに行ったか」

「だからっ」左平次は怒鳴った。

「そのお蝶姐御が、捕まっちまったんですよっ! しかも、殺しの容疑でっ」

「……何?」

右近の手から、ぽろりと煙管が落ちた。

2

上野の東叡山寛永寺は、芝の増上寺と並ぶ徳川将軍家の菩提寺であり、三十六の支院がある。その寛永寺の東側の下谷は、旗本屋敷と組屋敷、町人地、寺社地が入り混じっていた。

その中に、法福寺という小さな寺がある。寅の中刻——午前五時過ぎに、この寺の門前を梅干し売りの老爺《ろうや》が通りかかった。

その時、境内から女の悲鳴が聞こえたのである。老爺は、何事かと門から中へ入った。

境内の隅には、まだ青みがかった薄闇が残っている。参道の脇にある亀甲石《きこうせき》の前で、竹筒を手にした女が立ちすくんでいるのが見えた。

亀甲石というのは、米俵ほどもある大きなもので、重さは四十貫――百五十キロ以上はあるだろう。亀の甲羅のような形をしているため、誰がいうともなく、それが通称になったのだ。

奇妙なことに、その亀甲石に手足が生えていた。いや、違う。亀甲石の下から、人間の腕と足がはみ出しているのだ。周囲には、醬油をこぼしたみたいに、赤黒い汁が流れている。

「げっ……」

梅干し売りの老爺は、ようやく、女の悲鳴の意味を理解した。誰かが、重い亀甲石の下敷きになり、俯せで死んでいるのだ。周囲の汁は血溜まりなのだ。

「ひ、人殺し――っ」

今度は、老爺が悲鳴を上げて、門から通りへ飛び出した。通りすがりの岡っ引が、その悲鳴を聞きつけて、すぐに乾分とともに法福寺へ駆けこんだ。そして、まだ動けないでいる女を、捕りおさえたのである。

本来、寺社地の中は寺社奉行の管轄で、町方は手出しできないことになっている。が、現実には、寛永寺や増上寺のような特別な寺を除いては、町方が警察権を行使して、寺社奉行には事後承諾を得ればよいことになっていた。

で、その捕縛された女が、お蝶だったのである。

「——しかも、姐御を捕まえた岡っ引ってのが、厄介な奴でしてね」

右近と下谷の自身番に向かいながら、左平次は言う。卯の上刻——午前六時を過ぎているから、物売りや早めの仕事に出かける者たちが、何人も通りを歩いていた。

「何と、歯切の仲次郎なんですよ」

「歯切……ああ、この間の女形の事件で揉めた奴だな」

二ヶ月ばかり前、人気女形の新藤扇之丞が落とし穴の中で、槍に腹を貫かれた姿で死んでいるのが見つかった。死体があった待乳山は歯切の仲次郎の縄張りだったが、乾分の六助の機転で左平次が先乗りし、その事件を手がける権利を得たのである。

これを快く思わぬ仲次郎は、扇之丞の昔の仲間である梅川升弥を下手人として捕縛し、左平次の鼻を明かしたつもりになった。

ところが、右近の卓抜した推理によって、扇之丞は事故死したことが判明した。彼は、屈折した嫉妬心から升弥を罠にかけて殺そうとしたが、誤って、自分がその罠に落ちてしまったのである。

この事件を表向き解決したことになっている左平次は、捕物名人としての評判が、いやが上にも高まった。だが、二重に顔を潰された伸次郎は、右近と左平次をひどく憎んでいるという。

その伸次郎に、こともあろうに、右近の事実上の女房であるお蝶が捕まってしまったのである。並の交渉では、伸次郎はお蝶を解き放つまい……。

「おっと、ここが法福寺だな」

右近は寺の門の前で足を止めて、

「親分。その現場ってやつを覗いていこう」

「ですが、早く自身番に行かねえと、歯切の野郎が姐御を責め問いにでもかけたら…」

「俺もそれは心配だが、自身番の中で、あまり荒っぽいこともしないだろう。それより、お蝶の濡れ衣を晴らす材料を仕入れていかないと、談判しても返り討ちになりかねん」

「なるほど……こいつは仰《おつしや》るとおりで」

二人は門を潜った。早朝だというのに、十数人の野次馬が現場にたかっている。

それを伸次郎の乾分らしき若者が、横柄な態度で追い散らしていた。前に右近たちが会った伊太八とは違う若者だ。

野次馬を掻き分けて、左平次と右近が亀甲石に近づくと、

「ほれ、寄るなと言ってるだろう……あっ、相生町《あいおい》の…親分っ」

その若者は、さすがに左平次の顔を見知っていたらしく戸惑った顔になる。すかさず、左平次は若者の肩をぽんと叩いて、

「ご苦労さん。後学《こうがく》のために、ちょいと見せて貰うぜ」

そして若者が断る隙を与えずに、現場保存のために張り巡らせた縄の中に、さっと入った。右近も、それに続く。畳のように広い右近の背中を見つめながら、若者は気《け》圧《お》されて制止できない。

被害者は、亀甲石の下敷きになったままだった。異常な殺人方法なので、検屍の役人が来るまで、手を付けないようにしているのだろう。それに、寺社同心が来てから検屍をした方が、後から揉めることもない。

二人は、亀甲石に近づく前に、じっくりと周囲の状況を観察した。それから、石の下を覗きこむ。

死体は男だ。俯せの状態で顔を地面に押しつけているので、人相はわからない。髷も崩れている。

肌の具合からして、年齢は三十代後半というところか。裾に燕模様をあしらった着流し姿だ。草履は履いていない。

右近は、自分の草履や裾に血がつかないように用心しながら、男の腕や足を丹念に

調べる。それから、左平次と無言で頷き合い、縄の外へ出た。

左平次は、迷惑そうな表情をした若者の手をひょいとつかむと、袖の中で用意しておいた銭の包みを、その掌に落として、

「邪魔したな」

にっと笑いかけると、

「ご、ご苦労様ですっ」

若者は反射的に頭を下げた。

3

屛風坂下、東叡山の堀割の角に、その自身番はあった。

左平次は首の汗を手拭いでぬぐうと、「ごめんよ」と声をかけて、建て付けの悪い障子戸を、ごとりと開く。

入ってすぐの土間には、乾分の伊太八が立っていた。三畳間に胡坐《あぐら》をかいていた歯切の伸次郎が、ゆっくりと振り向く。

奥の板の間に横座りになっていたお蝶が、左平次と右近を見て、ぱっと喜びの表情になった。が、すぐに顔を伏せてしまう。後ろ手に縛られていた。まだ、痛めつけら

れた様子はない。

「ほほう、捕物名人のご到来かい」

仲次郎は、優越感に満ちた薄ら嗤いを浮かべた。下瞼が弛《たる》み黒ずんでいるので、ただでさえ陰険な目つきが、余計に悪く見える。

「この辺《あた》りはお前さんの縄張りに近いが、たしか前に自分で言ってたよなあ。縄張りにかかわらず、先に事件に手を付けた方が勝ちだって」

「まあな」

左平次は、苦っぽい声で頷く。

「法福寺で殺しがあって、ホトケの前にこの女がいたから、早速、ふん縛った。強情な阿魔《あま》で、『あたしは殺しなんかやってない』としらばっくれて、名前も言いやがらねえ。だがよ」

仲次郎は十手の先で、お蝶の顎を持ち上げて顔を上向かせ、

「もうじき、八丁堀の旦那方が御出《おいで》になる。その旦那方の前で、じっくりといたぶって、何もかも白状させてやるぜ。おめえも、見物してゆくがいい」

「名前なら、俺が教えてやろう」と、左平次の背後の右近が静かに言った。

「その女は、お蝶という。夜明け前に俺の床から抜け出したまま、朝飯の支度もしてないんで、迎えに来たんだ」

「こいつは、驚いた。そうか、竜巻お蝶……おめえが萬揉《よろず》め事解決屋の旦那の情婦《いろ》か」

仲次郎は薄い眉を大げさに動かして、お蝶の顔をしげしげと眺める。それから、鋭い目つきになって、

「お気の毒だが、旦那。今も言ったように、お蝶は殺しをやらかしたんだ。帰すわけにはいかねえ。それとも……」

さりげなく、十手を逆手に構え直した。伊太八も、壁に立てかけてあった六尺棒に手を伸ばす。一気に、自身番の中の空気が緊張した。

「旦那。力ずくで連れてくかね」

「そんな必要はあるまい」

右近は鼻で笑うと、ゆっくりと上がり框に石臼のような臀を据えた。

「何しろ、お蝶は殺しの下手人なんかじゃないからな」

「起きやがれっ」仲次郎は、片膝立ちになった。

「現場で取っ捕まえたと言っただろうがっ」

「たしかに、お蝶は、ホトケの前にいたのだろう。だが、あの男を殺したのは、お蝶ではない」

「何を証拠に…」

「あの男は、亀甲石に押し潰されて死んだ。死体になってから石を乗せたのなら、あ

れほどの血は流れまい。生きているうちに、あの石を背負わされたのだ。ところが、あの石は少なく見積もっても、四十貫はある。そんな重い石を、どうやって、お蝶が持ち上げられるというんだ。関取でもなけりゃ、無理な相談だぜ」

「……旦那なら、持ち上げられそうだね」

「昨日の夕方、雨が降った」

伸次郎の問いに即答せずに、右近は言う。

「だから、境内の地面が柔らかくなって、足跡も残っている。俺のような大足の痕は、まったく無かったぞ。俺が四十貫の石を持ち上げたら、必ず、その足跡が残るはずだ」

「………」

歯切の伸次郎は、言葉に詰まった。それに押し被せるように、今度は左平次が、

「しかも、血の固まり具合からして、殺しが行われたのは、子《ね》の中刻から丑《うし》の上刻の間ってところだろう」

子の中刻は午前一時、丑の上刻は午前二時に相当する。

「仮に、お蝶姐御が殺しの下手人の一味だったとしても、なんで二刻もたってから、のこのこと現場に舞い戻って来たんだ。しかも、わざわざ悲鳴をあげて、梅干し売りの爺さんを呼び寄せてしまった。それに、爺さんが騒ぎ出しても、逃げようともしない。こんな馬鹿な下手人はいねえだろう」

「むむ……」

「それにな」右近は微笑して、

「殺しの時刻には、お蝶は俺の腕の中にいたよ。いや、腹の下というべきかな」

「旦那ったら……馬鹿っ」

お蝶は真っ赤になってしまう。

「まあ、そういうわけでな。お蝶は、法福寺に朝参りに行っただけで、事件には全く関係ない。そんな女を縛っているところを同心の旦那に見られたら、親分の株が下がるぜ」

「………」

こめかみの血管をひくひくさせて、仲次郎は黙りこくっていたが、

「ちっ」

舌打ちをして、お蝶の縄を解いてやった。

「さすがに歯切の親分だ。話せばわかる。では失礼しようか、お蝶」

「あい」

しおらしく、お蝶は返事をする。

「旦那……」

下駄を履くお蝶の肩越しに、仲次郎は、右近を睨みつけた。

「まだ、お蝶が殺しに無関係だと決まったわけじゃねえですぜ」

「わかった。聞きたいことがあったら、嬬恋稲荷前の拙宅までご足労願おうよ」

そう言い捨てると、怒りと屈辱に顔を赤黒くしている伸次郎を残して、右近たちは自身番の外へ出た。今日は暑くなりそうだ。

「旦那……必ず来てくれると思ったたっ」

通りへ出るや否や、人目も気にせずに、お蝶は右近の胸にしがみついた。何か温いものが、右近の着物の襟を濡らす。

「おいおい、姐御。旦那をお連れしたのは、この左平次さんだぜ」

左平次が、にやにやしながら冷やかす。

「わかってますよォ」

片手の甲で目の縁《ふち》を乱暴にこすりながら、お蝶は言った。右近は、そのお蝶の軀を、ひょいと持ち上げて右肩に乗せる。

「わあ、高い。いい眺めっ」

お蝶は、子供のようにはしゃいだ。通行人たちが、目を丸くして、それを見る。

「それにしても、お蝶」

彼女の体重を全く苦にせずに屏風坂を登りながら、右近が言った。

「ホトケを見つけたら、どうして、すぐにその場から立ち去らなかったんだ。悲鳴まであげて」

「それが、あたしにも不思議なんです」

巨漢の右肩に座ったお蝶が答える。

「ずっと人に言えない稼業をしてきて、死骸を見るのにも慣れていたはずなのに……足がすくんで、動けなくなっちまったの」

「そいつはね」と左平次。

「姐御が、普通の女になっちまったからさ。誰かさんのお陰でね」

「普通の女……」

元美人掏摸は、複雑な表情になった。心の中で、誇らしさと寂しさが綯《な》いまぜになっているのだろう。

「それにしても、旦那。下手人は、何を考えて、あんなことをしたんですかねえ」

御用聞きの顔に戻って、左平次が言う。

「わからん。だが、当然、下手人は一人じゃない。梃子《てこ》や道具を使った痕もないから、まず亀甲石を持ち上げるのに、三人。当身《あてみ》か何かで気を失わせたホトケを石の下へ入れるのに、一人。最低でも四人は必要だな。現場に残っていた足跡も、そのくらいだった」

「四、五人がかりで、あんな手のこんだ殺し方をしなきゃいけないなんて、どんなホトケなんだろう」

「親分も気づいているだろうが、あれは武士だ」

「へい。手に、竹刀胼胝《だこ》だか木刀胼胝だかがありましたね」

「それに、左の足が右足よりも大きかった。武士は大小を左腰に差すから、どうしても左足の方が発達するんだな」

するとお蝶も真面目くさった顔で、

「へえ……だから、旦那のあれも左の方が大きくて重いのね」

「……」

右近と左平次は呆気にとられて、言葉もなく顔を見合わせた。が、すぐに、お蝶が右近しか男を識《し》らないことに気づいて、吹き出した。

「あら、やだっ」

ようやく、とんでもない事を口にしたとわかったお蝶は、耳朶まで真っ赤になって、袂で顔を覆ってしまう。右近は慰めるように、その丸い臀をぽんぽんと叩いてやった。

「それはともかく、殺された男は、どこからか運ばれて来たらしいな」

「履き物がありませんでしたからね。それに足の裏も汚れていなかったですし」

現場を調べた二人は、ほぼ同じ判断をしていたのである。

「歯切の奴も、もう少し丁寧に現場を見ていたら、お蝶姐御が下手人だなんて勘違いはしなかったろうに。同じ十手持ちとして、半端な仕事をするなと説教してやりたいくらいですよ」

「無能な人間には、何を言っても無駄さ。言わなきゃわからない奴には、言ってもわからない」

「そりゃそうですがねえ……」

　右近は、お蝶を見上げて、

「ところで、お前。なんで、まだ暗いうちから法福寺にお参りしようと思ったんだ」

「それは……あそこの境内に、万年水っていう湧き水があるのよ。亀甲石のところに」

「ああ。そういえば、竹の樋が石のそばの地面に転がっていたな。『鶴は千年亀は万年』だから、万年水か」

「ええ。朝一番に汲んだ万年水でご飯を炊くと、無病息災になるって聞いたから、それを汲みに行ったの」

　それで、捕縛された時に、お蝶は竹筒を持っていたのだ。

「そうか。俺のために万年水を汲みに行ってくれたのか」

「うん……」

　しばらくの間、三人は無言でいた。

（これほど一途に俺を慕ってくれる女心を、時として重荷に感じるのは、なぜだろう）

右近は、そう思った。その答えもわかっているが、なるべく考えないようにしている。

「そうだ、朝ご飯がまだだよねっ」

お蝶が、急に元気な声を出す。

「早く帰って、ご飯の支度をしなきゃ」

「そ、それは……」

右近は、あわてた。お蝶は天才的な料理下手なのだ。殺人的といってもよいほどである。

「俺は腹が減って、もう辛抱できん。そこの煮売り屋で、手っ取り早く済まそうじゃないか。な、お蝶、な？」

秋草右近のこめかみを汗の珠が流れ落ちたのは、まんざら暑さのせいばかりではなかった。

4

それから、六日が過ぎた。

白く燃える太陽が、容赦なく江戸八百八町の地面を炙《あぶ》る昼下がり――神田川に架か

る筋違橋《すじかいばし》の上に、

「ふざけるなっ」

怒声が響きわたった。赤銅色の肌をした大柄な人足が、貧しげな身形《みなり》の母子を怒鳴りつけているのだ。

「いくら餓鬼とはいえ、この羅漢《らかん》の権蔵《ごんぞう》様に突き当たっておいて、何の挨拶もなしで済むものか。落とし前をつけろっ」

赤い下帯一本の裸に半纏《はんてん》を引っかけただけという姿の権蔵は、肩を怒らせて凄みをきかせる。

「こ、子供のしたことでございます。ご勘弁ください」

ひィひィと泣いている五歳くらいの男の子を抱きしめて、跪《ひざまず》いている母親が、ほつれ髪を揺らして何度も頭を下げた。

「おめえら、どこの田舎者《モン》だ。お江戸で落とし前といったら、金だァ、金」

赤く濁った目で睨みつけて、権蔵は酒くさい息を吐く。真っ昼間から、どこかで大酒を喰《くら》ったらしい。

「お金なんて、そんな……」

母親の方も、泣き出しそうな顔になった。逆さに振っても鼻血も出ない暮らしぶりであることは、二人の身形を見れば誰にでもわかる。しかし、たちの悪そうな権蔵に怖れをなして、立ち止まった通行人の中から仲裁をする者は出てこなかった。

「けっ、文無しかい」

熊のような胸毛を掻きむしってから、

「だったら、鬱憤《うっぷん》晴らしに、母子とも踏み潰してやろうかっ」

芝居がかった動作で、右足を上げた。

「ひいっ」

子供を抱きしめた母親が目を閉じた時、突然、下帯の後ろを、何者かがつかんだ。と、思った瞬間、彼の軀は空中に浮き上がって、仰向けになる。成り行きを見守っていた通行人たちから、どっと歓声が上がった。

「わっ、わわっ⁉」

首をねじって下を向いた権蔵は、六尺豊かな巨漢の浪人が、左腕だけで自分の軀を高々と持ち上げているのを見た。凄い腕力だ。

「こらっ、何をしやがる、下ろせっ」

喚く権蔵を頭の上に掲げたまま、秋草右近は母子に近づくと、

「坊主に怪我はないかね」

そして、幾ばくかの金を母親の手に握らせる。

「少ないが、これで甘酒でも飲みなさい。いやいや、遠慮することはない。さあ、行

きなさい。気をつけてな」

「ありがとうございます、ありがとうございます」

　涙ぐんで礼を言った母子が、神田須田町の方へ渡ってゆくのを見送ってから、右近は、のっしのっしと欄干《らんかん》に近づいた。水面は、陽光の照り返しの煌《きら》めきで眩しいほどだ。

「何者だ、てめえはっ」

「俺は、弱い者いじめが大嫌いで強い者いじめが大好きな、秋草右近という漢《おとこ》だ。暑さのせいか、お前さんは頭に血が昇り過ぎているようだな。神田川の水で頭を冷やすがいい」

「ま、待てっ」権蔵は慌てた。

「俺は泳げねえんだよっ」

　いかに手足をばたつかせて暴れても、俯せの姿勢ならともかく、仰向けに持ち上げられていては、どうにもならない。

「ちょうどいい。今から、たっぷりと水練《すいれん》の稽古をしてみろ」

　右近は、荒くれ人足の軀を欄干の向こうへ放り出そうとする。

「やめてくれぇぇっ」

　恥も外聞もなく、権蔵が悲鳴を上げた時、

「――右近の旦那っ」

橋の下から、右近に呼びかける者がいた。見ると、橋脚のところに一艘の屋根船が停まっている。

その窓から二人の町人が顔を出していた。その内の一人は、岡っ引の左平次である。

「良かった。これから、旦那の家へうかがうところだったんですよ」

5

「改めて、ご挨拶をさせていただきます。書籍版元を営みます、羽生堂喜左衛門でございます」

屋根船の中で、喜左衛門は丁寧に頭を下げた。絽の夏羽織を着た五十前の男で、いやに顴骨《かんこつ》が高い。

「羽生堂というと……例の浦島がどうしたとかいう本を出したところかね」

右近たちを乗せた屋根船は、ゆっくりと神田川を下っている。開け放した窓から吹きこむ川風が涼しい。

羅漢の権蔵は、みっちりと脅しをかけてから、解放してやった。土左衛門を免れた大男は、転げるようにして下谷の方へ駆けていった。

「はい。先日殺されました、宮古田清風《みやこだせいふう》先生の『浦島太郎千尋艶枕《うらしまたろうちひろのいろまくら》』は、うちの大当たりもので。もう、一万三千は摺りましたかな」

黄表紙と呼ばれる大人向けの絵草紙は、一万部を超えると、ベストセラーの仲間入りであった。

江戸の人口が百万として、一万三千部を現代の東京の人口で換算すると、十七万部ほどだ。さらに、この時代、本は高価で、所有するよりも貸本として読まれるのが一般的だったことを考えると、実際の読者は、その数十倍ということになる。

「そいつは、表向きの黄表紙だけの数字で、裏で流れる枕絵本の方の儲けも、大したものだろう」

黄表紙は合法的な公刊本だが、同じ内容で性描写を濃厚にして無修整の挿画《さしえ》をつけた本も、町奉行所の目を盗んで出版されることがあった。これが枕絵本である。極彩色の豪華本で非常に高価だったから、こちらの利益も大変なものであった。

「ははは、それは」

羽生堂喜左衛門は肯定も否定もせずに、笑って受け流す。左平次も、苦笑するしかなかった。

「いや、まだ初七日も済んでいないのに、笑うのは不謹慎ですな」

喜左衛門は表情を改めて、

「実は、左平次親分に秋草様をご紹介いただいたのは、その清風殺しの件でして」

法福寺の境内で死んでいたのは、戯作者の宮古田清風であった。

享年二十八の清風は、本名を小野平十郎といい、貧乏御家人の三男坊である。養子の口も見つからず、剣術や学問で身を立てることもできなかったが、文芸の才があり、五年ほど前から執筆を始めて、売れっ子となった。そして昨年、全五巻の『浦島太郎千尋艶枕』で、特大ヒットを飛ばしたのである。

そもそも、浦島太郎物語の原点は、『日本書紀』巻の十四にある。五世紀――雄略天皇の時代、丹後国の住人で水の江の浦島子という漁師が捕まえた大亀が、女性に変身した。その女性を妻とすると、彼女は浦島子を海中にある蓬萊山に連れて行ったという。

元明天皇の時代に編纂された『丹後国風土記』によれば、浦島子の本名は筒川島子である。五色に輝く亀が美女に変身し、島子を仙境に誘う。三年後に故郷に帰ってみると、地上では、すでに数百年の年月が流れていた。

嘆き悲しんだ島子が、美女に「決して開けてはならない」と言って渡された玉手箱を開けると、蘭のような香気が広がって、天に昇って行った。それを見た島子は、泣きながら仙境を懐かしむ歌を詠んだ……。

この話がどんどん脚色されて、中世には、浦島に命を助けられた亀の報恩という要素が付け加えられる。さらに、『浦島子伝』になると、玉手箱から立ちのぼった紫の煙によって浦島は白髪の老人になるという、より悲劇的な結末となった。そして、子供向けのお伽噺になると、亀と美女が分離して、ヒロインは龍神の娘である乙姫ということになる。

宮古田清風は、この誰でも知っている浦島太郎を主人公にして、竜宮城での乙姫や腰元たちとの色模様や愛憎劇を面白おかしく描いたのである。この作品の大ヒットによって、戯作者としての清風の名声は頂点に達し、江戸の文化人世界の寵児となった。

この本のお陰で、江戸に時ならぬ浦島ブームが到来した。浦島明神と亀化大竜女が祀られているという観福寿寺《かんぷくじゅじ》には、新宿という場所の悪さにもかかわらず、大勢の参拝客が押し寄せているという。この寺の境内には、浦島の足洗の井戸とか腰掛石とかいう代物まであるのだ。

だが、「好事魔多し」の諺どおり、彼は何者かの手によって、無惨な最期を遂げたのである。死因は、やはり亀甲石による圧死だった。歯切の伸次郎の必死の捜査にもかかわらず、その理由も、下手人も、まだ判明していない。

清風は、あたかも亀に殺されたような有様だったから、「浦島を商売にしたので、乙姫の祟《たた》りを受けたのだ」と、まことしやかに言う者まで現れ、しかも、この説は広く江戸の庶民に信じられている。

「わたくしも、清風先生の関係者ですから、たっぷりとお調べを受けました」

喜左衛門は、右近に酌をしながら顔をしかめる。筋違橋の下で、右近が船に乗り込む時に、喜左衛門が近くの居酒屋から酒と肴を仕入れたのだ。

「いや、歯切の親分の尋問の執拗なことといったら、もう……まるで鼈《すっぽん》ですな」

「ははは、鼈とは言い得て妙だ」

左平次が上機嫌で笑った。

「わたくしが清風先生を殺して、どんな得があるというのですか。金の卵を産む鶏を殺す商人が、どこにおりましょう。先生には、これから新解釈お伽噺の連作をしていただく予定でしたのに、死なれてしまって、こちらこそ大損でございます」

「版元と清風の間には、何の揉め事もなかったのかね」

窓から吹きこむ風が変わった。神田川から大川へ出たからだろう。

「それは……実は、他の版元から引き抜きの話があったようで」

喜左衛門は声を落とす。

「なるほど。それなら、疑われても仕方がないな。清風を説得しているうちに、口論になって……」

「冗談じゃありません。痩せても枯れても、相手は剣術の稽古をしたお武家ですよ。わたくしなんぞが手を出しても、返り討ちにあうのが関の山です」

「それはそうかも知れんが……で、俺にどうしろというんだ」

「宮古田清風殺しの本当の下手人を、見つけていただきたい。出来るだけ早くに」

羽生堂喜左衛門は、二十五両の紙包みを六個、右近の前に置いた。百五十両だ。

「よかろう」と右近。

「捜査が手詰まりで自棄《やけ》になった仲次郎親分が、お前さんを捕縛する前に、な」

6

翌日の午後――不忍池の畔にある料理茶屋〈笹子《ささご》〉の一室であった。

「おう。あんたがお由《よし》さんか」

「ええ。あの……お武家様は」

小柄な仲居は、相手が月代《さかやき》を伸ばした浪人だから、ちょっと警戒する顔になる。富士額で眉が煙るように薄く、優しい顔立ちだ。上唇が唐人娘のように薄い。

年齢は二十八。この女は、宮古田清風の妾である。そして、清風は殺された夜に、このお由のところに寄っているのだ。

「俺は秋草右近。聞いているかも知れんが、清風が亀甲石の下敷きになっているのを最初に見つけたのは、お蝶という女だ。そのお蝶は、俺の…まあ、なにでな」

「……」

お由の表情がほぐれた。少し微笑したようである。

「一時は下手人かと疑われたが、全くの濡れ衣だから、すぐに帰された。だが、このまま本当の下手人が見つからないと、また、お蝶が疑いの目で見られてしまう。だから、その前に俺が探索の真似事をしようと思ってな。それで、あんたに話を聞きにきたのだ」

右近は羽生堂の名を出さないように、うまく取り繕った。

「まあ、羨《うらや》ましい」お由は白い歯を見せる。

「そんなに心配してもらえて、お蝶さんて方は幸せね。本当に羨ましいわ」

「清風だって、やさしい男だったんだろう」

「いいえ」

右近に酌をしながら、お由は寂しそうに言う。

「たしかに、あの人はお武家には珍しく物腰の柔らかい人でした。大きな声を出したのを見たことは一度もありません。あたしにも、やさしかった。でも、そのやさしさは上辺《うわべ》だけ。他に、何人も女がいたんですから」

「ほほう。女房がいて、あんたのような別嬪《べっぴん》がいて、その他にもとは、いくら男振りが美《よ》いといっても贅沢な話だなあ」

貧乏御家人の三男坊だから結婚など夢のまた夢だったのだが、戯作者として清風の名が売れて懐具合が良くなると、そこは現金なもので、自然と縁談も押し寄せてくる。清風は三年前、同じ御家人の十八歳の娘を妻に貰った。佐和《さわ》という名だ。夫婦の住まいは、下谷山伏町の借家である。ただし、佐和は清風の葬式を済ませてから、実家に帰っているという。

「油問屋の後家さん、煙草屋の看板娘、常磐津《ときわず》の師匠、蠟燭職人の女房……一回だけの摘み喰いまで入れたら、どれだけの数になることやら。こっちも日蔭の身ですから、妬くのはおかしいけど……不実な人でした」

「なるほど」

右近は、お由に酌をしてやりながら、

「清風とは、どういう馴《な》れ初《そ》めなんだね」

「二年前に、あの人が絵師たちと一緒に、うちの店へ来たんです。心付けを渡す時に、そっと、あたしの手を握るの。あとで後架《こうか》へ案内したら、途中の廊下で口を吸われて、翌日に出合茶屋で逢う約束をさせられました。手が早いのに、強引とは思わせないんだから、ずいぶん遊び慣れていると思いました。そこが、魅力でもあったんですが……」

出合茶屋で軀の関係をつけてしまうと、清風は、黒門町のお由の長屋に入り浸りになった。半年くらいは夫婦同然の暮らしが続いたが、尾張町の煙草屋の娘と付き合うようになると、足が遠のいてしまった。

が、三ヶ月ほどして、その娘と切れると、何もなかったかのように、平気でお由の長屋に転がりこみ、寝起きするようになった。そんな具合で、疎遠になるのと居続けが、数ヶ月くらいの周期で繰り返されたのだという。

「それは身勝手な男だなあ」

口では相づちを打ちながら、自分も身に覚えがないわけではない右近は、少し後ろめたさを感じる。

「で、あの晩の様子だが……」

「うちに来るのは、半月ぶりくらいでした。あたし、風邪気味だったんで、勤めを休んで寝ていると、夕方、ふらりとやって来て……あれが済んだら、仕出しの料理を取り寄せて飲み始めました。あの人、優男《やさおとこ》なのに結構、酒は強いんです」

「あんたも付き合ったのかね」

「あたしは、具合の悪いところに無理にあれしちまったもんだから、気分が悪くなって……ほんの一杯か、二杯。あの人は、よその版元から条件のいい仕事が来たといって、ひどく上機嫌でした」

右近は、蛤の田楽を口にしてから、

「清風は泊まっていくつもりだったのかな」

「最初はその気だったんでしょう。だけど、あたしが、もう今夜は寝かせてと頼むと、それなら家へ帰るって……」

清風は、お由を抱くためにだけやって来たのだろう。本当にやさしい男なら、風邪で寝ている女に房事を求めたりはしないし、看病くらいするはずだ。

「あの人が長屋を出たのが、戌の中刻くらいだったでしょうか」

「それから、山伏町の御本宅へ帰る途中で、何者かに襲われたというわけか。しかし、殺されたのが子の中刻としても、ずいぶんと時間がかかっているな……」

戌の中刻は午後九時、子の中刻が午前一時くらいだから、四時間もかかっている。お由の住む黒門町の菜種長屋から、山伏町にある清風の家までは、千鳥足でも四半刻――三十分とはかかるまい。

「そのあと、あんたの方も一騒動あったそうだね」

「ええ」お由は苦笑する。

「隣のお福《ふく》さんが急に産気づいちまって。亭主の庄太《しょうた》さんが泊まりこみの仕事でいなかったんで、あたしが産婆のお種さんを呼びに行ったり、湯を沸かしたり……結局、赤ん坊が生まれたのは明け方近くで、徹夜になってしまいました。でも、元気な男の子で本当に良かった」

「そいつは大変だったな」

「おかしなもんで、一晩中、ばたばたしてたら、風邪も治ってしまったんですよ」

殺された清風に最後にあったのが、このお由で、しかも愛人だから、普通なら、真っ先に疑われるはずだ。しかし、殺人のあったと思われる時間に、必死でお産の手伝いをしていたことで、偶然にも身の潔白が証明されたのである。それで、さすがの歯切の伸次郎もお由をお縄にはできなかったのだ。

「ところで、半月ぶりだったということは、清風には入れこんでる女がいたのだな」

少し迷ってから、お由は溜息をついて、

「根津権現の門前町に住んでる、お徳って娘です」

「どんな娘だ」

「阿婆擦《あばず》れですよっ」

吐き捨てるように言って、その口調の強さを恥じるように、お由は下唇を噛む。

「……以前は、向島の水茶屋で働いていたのが、呉服問屋の主人に見初められて、根津に囲われたんだそうです。だけど、その主人というのが婿養子で、去年の秋に、家付き娘の女房に妾を作ったのがばれちまった。それで、お徳はお払い箱になったんだけど、どう交渉したのか粘ったのか、手切れ金代わりに根津の家を貰ったんですね。まだ十七、八だというのに、とんだ玉《たま》ですよ」

その声には、錐の先端のように鋭い妬心《としん》が含まれていた。

「旦那と切れてからは、何もしないで、ぶらぶら遊んでるそうです。呉服問屋から手切れ金は貰ってないはずだから、きっと、あの人が面倒をみてたんでしょう」

「清風は裕福だったんだな」

「女に金は使っていましたが、それでも、かなり貯めこんでいると自慢してました」

「そうか。色々と辛いことを訊いて済まなかったな。こいつは、俺の気持ちだ」

懐紙に包んだ一分金を、お由の手の中に、柔らかく握りこませる。

「すみません」

そう言って、右近を見上げたお由の目に、媚びるような光が浮かんだ。

「この握らせ方……あの人に似てる。きっと旦那も、色んな女を泣かせてきたのね」

7

「ほほう。旦那の女遍歴を見抜くとは、お由も大した慧眼《けいがん》の持ち主ですね」

不忍池を右手に見て根津権現の方へ歩きながら、左平次が感心したように言うと、

「おいおい、親分も人が悪いな」

右近は苦笑する。歯切の仲次郎の手前、自分が直接探索に乗り出すわけにはいかな

いので、左平次は笹子の外で待っていたのだ。

「それはともかく、お徳という娘のことがわかったのは、大収穫でした」

二人は、宮古田清風の新しい妾だったという、お徳の家に向かっているのだった。

「お由の話は信用できそうですね」

「うむ。清風が女に薄情だったというのも、戌の中刻に帰ったというのも、本当だろう。だが……」

「だが？」

「いや、何でもない」

右近は、媚びを含んで彼を見つめたお由の目の奥に、何か得体の知れない光を見たような気がしたのだ。

根津門前町の下駄屋の前で、赤ん坊をあやしていた老婆に尋ねると、お徳の家はすぐにわかった。根津権現の東側、黒板塀の小さな家だという。

「清風は女に手が早くて薄情な奴だったというから、恨まれていてもおかしくはない。捨てられた女の情人《いろ》の仕業だとすると、ぐっと探索がやりやすくなるんですがねえ」

「しかし、それだと、あんな面倒な殺し方をする理由がわからんな」

そんなことを話しながら酒屋の角を曲がると、黒板塀の家が見えて来た。

「あれかな」

右近がそう言った時、その家から、男が出てきた。三十前の遊び人風の男である。男は右近たちに気づくと、はっと顔を強《こわ》ばらせた。そして、すぐに平静を装って、小笠原家の中屋敷の方へ歩き出した。

「おい、ちょっと」

左平次が声をかけても、聞こえぬふりで歩みを早める。

「待ちな、御用の筋だ。待たねえかっ」

鋭く言うと、男は駆け出した。通行人を突き飛ばして、走る。

「野郎っ」

罵りながら、左平次も走り出す。と、右近は素早く足元の小石を拾って、そいつを男に投げつける。その石礫《いしつぶて》は、男の右の足首に見事に命中した。

「げっ」

男は、顔面から勢いよく地面に倒れこむ。追いついた左平次が縄をかけようとすると、懐から匕首《あいくち》を抜き放った。臀をついて立ち上がれぬまま、その匕首を出鱈目《でたらめ》に振り回す。その口元は、噴き出す鼻血で真っ赤だ。

男に近づいた右近が、腰の鉄刀の柄に手をかけた——と思った瞬間、金属音がして匕首が宙に飛ぶ。そして、男から半間ほど離れた地面に、突き刺さった。

「手間をかけやがってっ」

何が何だかわからぬまま、左平次は、男の横面を張ってから、手早く縛り上げる。

「くそっ、やっぱり、お由の阿魔が喋りやがったのかっ」

悪鬼のような顔になった男は、毒々しい声で喚く。

この男——鶴吉が、宮古田清風殺しの下手人であった。

8

「教えてよ、旦那。一体、何がどうなってるの」

井戸で冷やした瓜の皿を、右近と左平次の前に置きながら、お蝶が訊いた。鶴吉を捕らえた翌日の夕方、右近の家の縁側である。

「何で、鶴吉って奴は清風を殺したのさ。お由さんも、人殺しの仲間だったのかい」

「待て待て、今、順番に話してやるから」

右近は瓜にかぶりついてから、

「鶴吉は、お徳の昔からの情人で、恐喝もやれば盗人もやるという悪党さ。その鶴吉が、お徳から宮古田清風が五百両という大金を貯めこんでいるという話を聞いて、それをいただこうと考えたんだ」

鶴吉は早速、多吉、音造、照之助という悪党仲間の三人を呼び集めて、お徳の家に潜んだ。お徳も納得ずくである。

毎晩のように通ってくるという清風を待ち受け、殴る蹴るの手籠にし、五百両の隠し場所を白状させようという荒っぽい計画だ。しかも、首尾良く金を手に入れたら、清風を殺して埋めてしまおうというのである。

それでも男手四人は多すぎるが、実は、鶴吉は、お徳も殺して埋めるつもりだった。清風とお徳が同時にいなくなれば、周囲の者は二人でどこかに姿を消したと思うだろう。そうすれば、五百両の行方を詮索されずに済むと、鶴吉は考えたのだ。多吉たちを仲間にしたのは、清風とお徳を手早く埋めるためなのである。

あの晩、気まぐれを起こして半月ぶりにお由を抱いた清風は、それから山伏町の家には帰らず、根津門前町のお徳の家へ行った。そこで、鶴吉たちに捕まったのである。が、その拷問の最中に、清風が柱の角に後頭部をぶつけて、意識を失い大鼾《おおいびき》をかきだした。

「頭の中の血の管が切れると、そういう風になるらしい。卒中ってやつだな」

左平次が、瓜の果肉の甘さに目を細めながら、そう説明した。

鶴吉たちは慌てた。まだ一文も手に入れていないのに、清風を殺して埋めるのは間尺に合わない。それに、探索の手がお徳に伸びれば、芋蔓式に鶴吉たちも捕まるだろう。

それを防ぐために、鶴吉たちは清風がお徳とは関係のない場所で殺されたように偽装しようと考えた。うまくいけば、それで五百両の隠し金を捜し出す時間が稼げるかも知れない。そういうわけで、鶴吉たちは、駕籠を盗んで清風を乗せ、彼の本宅である山伏町の方へ走ったのだ。自分の家の近くで、強盗に襲われたようにするためである。

ところが、法福寺の近くに来た時に、鶴吉は、そこに亀甲石というものがあるのを思い出した。それで、予定を変更して、昏睡状態の清風を境内へ運び入れ、四人がかりで石の下敷きにして殺したのである。

「まあ、『鶴が亀で人殺し』という悪い洒落だね」と左平次。

亀甲石の下敷きにすれば拷問の痕もわからなくなるし、『浦島』がらみの殺人に見えるだろうという、鶴吉の一石二鳥の策である。事実、歯切の伸次郎の探索は、鶴吉の目論見通りの方向へ向かったのだ。だが、まだ心配の種があった。

「鶴吉は、多吉たちと清風殺害の打ち合わせを、まずいことに笹子の座敷でやったのさ」

「笹子って、お由さんが勤めているとこね」

お蝶は、瓜の汁で濡れた右近の顎を手拭いでふいてやる。

「そうだ。だが、鶴吉は、お由が清風の妾の一人で、笹子の仲居だということを知らなかったんだ」

清風殺人事件が評判になると、鶴吉もお由のことを知った。気になった鶴吉は、笹子の様子を窺った。すると、自分たちの座敷についた仲居が当のお由だったと気づいて、仰天した。

お由は、自分たちの話を立ち聞きしたかも知れない。そういえば、帰り際のお由の態度が、妙だった。町方に、そのことを訴え出ないのは、関わり合いになるのをおそれてのことだろう。だが、いつまでも沈黙を守っているとは限らない。

こうなったら、五百両を捜すどころではない。お由の口をふさごう、と鶴吉は考えた。浪人の辻斬りと見せかけて勤め帰りのお由を殺すため、大刀を手に入れた。その大刀をお徳の家に隠し、いざという時は二人で上方まで逃げようと、お徳と話し合った。

鶴吉の本心は、旅の途中でお徳を女衒《ぜげん》に売り飛ばすつもりだったが……。

「お徳と相談して、今夜、お由を殺《や》ると決めて、鶴吉が外へ出てみたら、俺と親分がいたというわけだ」

「鶴吉はお蝶姐御の件も聞いていたから、右近の旦那のことも知っていた。それで、旦那のでっかい姿を見て驚いたのさ。それにしても、あの時、旦那が石礫《しゅび》を投げて野郎の足止めしてくれて、助かりましたよ。あそこは、通りの向こうが朱引きの外で、お代官所の管轄になる。あっちへ逃げこまれたら、奴を捕まえるのに面倒なことになるところでした」

　左平次は、改めて頭を下げる。

　鶴吉の鼻血を流しながらの自白によって、お徳は勿論、多吉たち三人も、昨夜の内に捕縛された。そして、お由もだ。

「ふうん……それで、お由さんは、本当に鶴吉たちの企みを知ってたの？」

「ああ。それについちゃあ、鶴吉の勘が当たってたよ」

　お由は料理を運んだ時に、襖の間から洩れた「清風を……」という言葉を聞いて、はっとし、足音を忍ばせて彼らの密談を盗み聞きした。だが、それをすぐに町方に訴え出る気にも、清風に教える気にもなれなかった。お由の心の中には、身勝手な清風に対する愛憎が渦を巻いていたのである。

　考えがまとまらず頭痛がしてきたお由は、翌日の勤めを休んで、床についていた。そこへ、清風がやって来たのである。清風は「具合が悪いから、今夜は堪忍して」というお由の懇願を無視して、彼女の軀を一方的に貪《むさぼ》った。そして、たらふく飲み喰いして、帰ろうとした。その清風を、お由は呼び止めて、

「根津の娘のところへ行くのかい」

「何を言ってるんだ。家へ帰るだけさ」

清風は、薄っぺらな笑いを浮かべて、答えた。

「山伏町の奥様のところへ帰るのね」

「ああ、そうだよ」

「お願い。今夜だけは、本当に山伏町へ帰ると約束して」

お由は真剣な表情で、言った。

「何だい、血眼で自分の子供を捜す鬼子母神みたいな切羽詰まったような顔をして」

「後生だから約束して。必ず、山伏町へ帰るって」

「わかった、わかった。約束するよ」

軽い調子で言って、清風は長屋を出て行った。残されたお由が、後片付けをする気力もなく、じっと考えこんでいると、突然、隣の妊婦が助けを求めて来た……。

「妾の立場としては、男が本妻と寝るのは許せるが、他の妾と寝ることは許せないらしいんだな。お由が言うには、清風の真心に賭けたんだそうだ。自分との約束通りに、清風が本宅へ帰ってくれたら、明日、鶴吉たちの悪巧《わるだく》みを訴え出よう――とね」

誰も顎を拭いてくれないので、左平次は自分で手拭いを使った。右近は、ごろりと手枕で横になって、

「だが、翌日の朝、隣の赤ん坊が無事に生まれて喜んでいる時に、お由は法福寺の殺しの話を聞いて、愕然としたそうだ。直感で、そのホトケが清風だとわかったらしい」

それから捕まるまでの数日間、お由は、表面上は常と変わらぬ働きをしながら、足の裏が地面から一寸ばかり浮いているような気持ちだったそうだ。殺害計画を知りながら黙っていた罪で、いつかお縄になるだろうと、ぼんやりと思っていた。

そんな時に、右近がやって来たので、躊躇《ためら》いながらもお徳のことを教えた。その時、すでに、捕縛を覚悟したという。

「なんか、でも、そのお由さんて人、可哀想な気がするなあ。清風だって、お由さんとの約束通り、山伏町の本宅へ戻れば死なずに済んだのに」

「まあな」

右近は形だけの相づちを打って、

「ところで、親分。玉手箱というのがあるだろう」

「乙姫が、竜宮城から去る浦島太郎に渡したおみやげですね」

「うん。乙姫は、何だって、あんな物騒なものを渡したんだろうな」

「なるほどね。『決して開けるな』なんて言うくらいなら、最初から渡さなきゃいいわけだ」

「それに、開けるなと言われたら、かえって開けたくなるのが人情ってもんじゃないか」

「すると、自分を捨てて故郷に帰る浦島に復讐するつもりで、蓋を開けると皺くちゃ爺ィになっちまう玉手箱を渡したんですかねえ」

　左平次は団扇を使いながら、

「なるほど、なるほど。清風は、必ず山伏町に帰れとお由に念を押された。それで逆に、根津へ行く気になったのかも知れない……」

「お由が、どんなつもりで念を押したのか、それはもう、本人しかわからない。いや……本人にもわからないかも知れないな」

「やっぱり、海の中でも陸《おか》の上でも、怖いのは女ってことですか」

「ま、勝手なこと言ってるよ」

　お蝶がふくれっ面になった。それでも、団扇で右近に風を送る手を休めない。

「おっと、勘違いしちゃいけねえ。姐御は立派な貞女《ていじょ》の鑑《かがみ》さ」

「お世辞を言っても、何も出ないいんだから」

　二人のやり取りを聞きながら、右近は目を閉じて、昔、甲府の遊女に聞いた警句を思い出していた。

（男は獣物《けだもの》、女は化物《ばけもの》……か）

　どこかの家の庭で焚《た》いている蚊遣木《かやりぎ》のにおいが、鼻先に漂ってきた。

第二話　星《ほし》下《くだ》り

1

「ふうむ……やはり、裳抜《もぬけ》の殻《から》か」

家の中を覗きこんだ秋草右近は、襟首の汗を手拭いに吸い取らせる。

夏も真っ盛りの陰暦六月末の午後——麹町にある八朔《はっさく》長屋に、右近はいた。

暑い。日射しが地上を炙るようだ。風の通りが悪い裏長屋の路地には、熱気が重苦しく澱んでいる。それに芥溜《ごみため》の蒸れたにおいが加算されて、さらに暑苦しさを増していた。路地に人影はない。

その家は、間口が九尺に奥行が二間、入口の土間に台所の板の間、四畳半一間という型通りの造りであった。布団も行灯も火鉢も家財はなく、がらんとしている。たぶん、大家が引き取ったのだろう。

四畳半の向こうに、雑草の生い茂った猫の額よりも狭い裏庭があり、その向こうは板塀だ。その板塀の上にとまっていた雀が、右近と目が合うと顔を背け、ぱっと飛び立ってしまう。

右近が苦笑していると、不意に、その足にぶつかったものがある。見ると、坊主頭をした小さな男の子だ。裸足で、身につけているのは菱形の腹掛けだけである。

まだ、二歳かそこらだろう。人なつっこい性質《たち》らしく、右近の太い足にしがみつき、顔中に笑みを浮かべて涎《よだれ》を垂らしながら彼を見上げている。

「金坊っ！　お前ったら、何てことをっ」

隣の家から汗を拭きながら出てきた中年の女が、その光景を見て青くなった。

「申し訳ございません、お侍様っ」

あわてて、浪人者から自分の子供を引きはがそうとする。

「いや、いいんだ」

右近は、金坊と呼ばれた男の子を、ひょいと抱き上げた。男の子は、きゃっきゃっと嬉しそうに、はしゃぐ。

「こんなに小さいのに、結構重いものだな」

「三貫目はありますから」

月代《さかやき》を伸ばした浪人のわりには垢じみてもおらず、物腰も柔らかいので、女も安心したらしい。

「お侍様は、子供を抱くのが初めてでございますか」

「わかるか。そんなに、危なっかしいかな。それにしても、小さい子というのは、まるで猫だな」

「はあ……」

「胴が長くて、肋骨《あばら》が柔らかくて、何ともぐにゃぐにゃしている」

「そういえば、やたらと軀をこすりつけてきたり、狭いところに潜りこみたがるのも、猫に似ております」

女は、打ちとけた笑顔を見せる。

「あいつにも、こんな時が……」

「え？」

「いや、何でもない」

我が子の成長過程を知らない右近は、この金坊という子に、幼少の頃の近藤新之介の姿を重ね合わせているのだった。

「ところで、おかみさん。ここに、煙草売りの勘助という男が住んでいたはずだが」

「はい……ですが、一月ほど前に姿を消しました」

「どこへ行ったのか、わからんだろうな」

不器用に子供をあやしながら、右近は訊いた。

「さあ。一人暮らしだけど、酒も飲まず博奕にも手を出さず、真面目に働く良い人でしたがねえ。上方《かみがた》へ帰ったのかと思ったけど、それなら、夜具や何かをそのまんまにしていくわけはないし」

「勘助は上方者だったのか」

「ええ。両親に死に別れて、天涯孤独の身の上だと言っていましたよ。で……お侍様は……」

女は言葉を濁す。

「うむ。借金の取り立てを頼まれてな。しかし、本人がおらんのでは、どうにもならん」

誰もが納得しやすい理由を、右近は口にした。

「そうですか。いなくなる前の月には、お伊勢参りに出かけてたけど、その旅費で無理をしたのかしら」

「それとも、古市の遊女に入れあげたかな」

右近は笑う。古市とは、伊勢神宮の門前町にある遊廓のことだ。妓楼の数は七十軒、江戸の吉原、京の島原、大阪の新地、長崎の丸山と並ぶ、日本五大遊郭の一つなのである。伊勢神宮を参拝した旅人が、〈精進落とし〉と称して、この遊郭で遊ぶのだ。

「いや、色々教えてくれて、ありがとう」

右近は、男の子を母親に返して、袂の中で包んだ金を女に渡した。

「あら、こんな事していただいちゃあ」

「お前さんにやるんじゃない、坊主にやるんだ――なあ、金坊」

「ありがとうございます」

子供を抱いた女は、腰を折って、深々と頭を下げる。もう一度、小さな手を握ってやってから、右近は、母子に別れを告げた。

裏長屋から表通りに戻ると、日射しの強さは同じだが、開放感がある。一日の内で最も暑い時間帯だから、通行人の数は少ない。

(これは、笠でも買わんとやり切れんな)と右近が笠店を捜して周囲を見回した時、彼の右脇を若い男が通り過ぎた。

右近の右手が閃《ひらめ》いた。男の髻《もとどり》が、ぽろりと地面に落ちて、ざんばら髪になる。右近は、抜刀した脇差を、無造作に鞘に納めた。その鍔音を聞いて、男は、ようやく自分が何をされたのか、気づいたらしい。

「わ、わわっ」

男は、両手で頭を押さえて、腰が抜けたらしく、ぺたりとその場に座りこんでしまう。

「さあ、俺の財布を返してくれ」

そう言っても震えているだけなので、右近は、男の懐から自分の財布を抜き出す。

「右近の旦那、どうなさいました」

斜め後ろから、右近に声をかけてきた者がいる。振り向くと、そこに、相生町の親分こと岡っ引の左平次が、乾分《こぶん》の松次郎を連れて立っていた。

2

「それにしても、世の中には間抜けな掏摸《すり》もいるもんですねえ。事もあろうに、天下の豪傑秋草右近の懐を狙うとは」

左平次は、右近に酌をしながら言う。

「しかも、旦那は、竜巻お蝶の異名を持つ凄腕の元美人掏摸のいい人でもあるのに。もっと相手を見なきゃあ」

「なあに。俺が、ぼーっとしてるように見えたんだろう。いや、実際、ぼーっとしてたんだ。暑くてな。そうでなきゃあ、懐に手を入れられる前に奴の腕を押さえてるよ」

「なるほど」

そこは、半蔵門橋に近い麴町一丁目の蕎麦屋〈清風〉の二階座敷であった。右近が捕らえた掏摸は、松次郎が近くの自身番へ連行している。

「――ところで、旦那」

左平次は、胡麻豆腐を口にしてから、

「さっき、あいつの髻を切り落としなすったが、それはお武家の作法で何か特別な意味のあることでしょうか」

「ん？」右近は片眉を上げる。

「武家の作法というか……髻を落としたら、髪が伸びて結えるようになるまで、出仕はおろか、外出もできなくなるな。だから、髪の薄い年寄りなんかは、付け髻をすることもある。当然、人前で切り落とされたら、大変な恥辱だ。でも、それは町人でも百姓でも似たようなもんだろう」

「そりゃそうですが」

「あとは、戦場で敵の首級を取った時に、重かったり腐ったりで、自分の陣地まで持ち帰れぬことがある。そういう場合は、その場に首を埋めて、髻だけを証拠として持ち帰ることもあるな」

「ほう、首の代わりに髻を……」

丸顔の岡っ引は、箸を止めたままで何事か考えこむ。窓の外から、通りをゆく冷水売りの朗々とした売り声が、聞こえてきた。

「親分、どうかしたのかね。いやに髻切りにこだわるが」

「お話ししましょう」と左平次。

「いや、是非とも、旦那に聞いていただきたいんです」

　左平次は、きゅっと猪口の酒を干して、舌先で唇を湿した。

「実は二十日ほど前の夜更け、小石川の薬種問屋で加納屋の主人、哲蔵というのが殺されました。場所は、伝通院の裏手の雑木林の中です。胸から腹にかけて、七ヶ所も刺し傷がありました。得物は匕首ですよ。縄張り違いですが、番頭の仲助というのが、あっしを知っていて、うちへ駆けこんで来たんです」

「滅多刺しということは、物盗りではなく、恨みかな」

「あっしも、そう思いました。ところが、この加納屋というのは中くらいの規模の店ですが、主人の哲蔵というのは評判の良い商人でね。手堅い商いをしていて、同業者でも悪く言う者はいない。奉公人たちも、やさしい主人だという。夫婦仲も悪くないし、惣領息子にも娘にも何の問題もないんです。散々に聞きこみをしたんですが、博奕もしなけりゃ女遊びもせず、殺されるほどの恨みをかう理由が、どうしても見つかりませんでした」

　団扇を使いながら、右近が、

「なんで、そんな夜更けに、林の中にいたのだろう」

「哲蔵は自ら病《やまい》と言うほどの碁好きで、その夜も、碁仇敵《ごがたき》の同業者の家から帰る途中だったんです。丁稚が待っていると落ちついて石が打てないというので、いつも供を連れていなかったそうで」

「すると、物盗りか。刃物で脅かされて、林の中に連れこまれた……」

「ところがですね。財布は、ホトケの懐に残ったままでした。血まみれですが、三両ちょっとの中身も、手つかずなんですよ」

　申し訳なさそうに、左平次は言う。

「で、そのホトケの髻が？」

「ええ。切り取られて、胸の上に置いてありました」

「ふうむ……」

　右近は、角張った顎を撫でる。

「それから十日ばかり過ぎた日の夜、浜松町で金貸しの伸兵衛が、妾宅で殺されました。こっちは、後ろ手に縛られてから荒縄で首を絞められてね。妾のお米が、近所の酒屋に酒を買いに行った隙に、殺《や》られたんです。商売柄、いつも浪人の……ご浪人の用心棒を連れているんですが、お米の家へ行く時だけは、いつも一人でした。下手人は、そこを狙ったようです」

「そのお米という妾は、下手人と関わりがないんだな」

「ええ。お米は、十五。五十三歳の伸兵衛からすれば、孫みたいな年齢ですよ。ぽちゃぽちゃっとした垢抜けない娘ですが、気だては良さそうでした。去年、葛飾から奉公に出てきたんですが、三月としないうちに仲兵衛に転がされて、囲われたそうです。この事件を扱っているのは、地元《ところ》の恭次という岡っ引ですがね。恭次は、若いお米を酷《むご》いほど問いつめたようですが、結局、関わりなしとなりました。仲兵衛の女房も用心棒の先生も、シロのようです」

「……………」

「こんな言い方をすると後家さんには気の毒ですが、ホトケは金貸しですから、恨みで殺されるのは不思議でも何でもありません。むしろ、下手人の候補が多すぎて、恭次も持て余してるほどで。ですが、問題は、この仲兵衛も、髻を切り取られて胸の上に置かれてたってことです」

「加納屋哲蔵と金貸しの仲兵衛は、知り合いかね」

「それは、ずいぶんと調べましたが、全くの赤の他人です。借用証文を何度も調べましたが、加納屋関係のものはありません。ひょっとして、碁会所で知り合ったんじゃないかと思いましたが、仲兵衛は碁が打てなかったそうですから」

「だが、二人を殺した下手人は、同じ奴らしい。だとすると、何か繋がりがあるはずだ。正面から見たのではわからない繋がりが」

「そうです。そこで、旦那のお知恵を拝借できるとありがたいんですがね」

左平次は手を叩いて、小女《こおんな》を呼ぶと酒の追加を注文した。首筋を汗疹《あせも》で真っ赤にした小女が、すぐに徳利を持ってくる。

その新しい酒を一口飲んでから、右近は訊いた。

「哲蔵は幾つだ」

「ええと、四十七でしたか」

「伸兵衛とは六つ違い。同年輩というわけでもないな。江戸者かい」

「いえ。哲蔵は相模の出だそうで。火事で両親を亡くして、二十年ほど前に江戸へ出て来たんだそうです。伸兵衛の方は、浅草の大工の倅だと言っていたそうですが、滅多に昔話をしなかったようで、詳しい素性はよくわかりません。まあ、金貸しにはありがちなことですが」

「そうだな。何か、二人に共通するものはないのか。下戸《げこ》だとか、疝気《せんき》だとか、やたらと沢庵漬けばかり喰うとか」

「ううむ……」左平次は腕組みをして、

「強いて言えば、色黒だということくらいですか。あっしが見たのはホトケになってからですが、哲蔵も伸兵衛も、ひどく色が黒かったですよ。伸兵衛は、『お大名の若殿様ならいざしらず、俺のような貧乏人の倅は小っちゃな時から外で働きずくめだから、色が黒くなって当たり前だ』と言ってたそうです」

「なかなか口の達者な奴だったのだな」

右近は苦笑する。

「親分、こいつは降参だ。下手人が髻を切った理由は、俺にも見当がつかんよ。首級代わりだとしても、その場に置いていくのでは意味がないしなあ」

「そうですか、旦那でも……いや、つまんねえ話をお聞かせして、申し訳ありません」

両手を膝に置いて、左平次は軽く頭を下げる。そして、徳利を取り上げて、右近に酌をしながら、

「ところで、旦那は、この麴町に？」

「親分のように、世のため人のためになる捕物じゃない。お大尽《だいじん》の道楽のおつきあいさ」

右近は、うんざりした口調で言う。

「盗まれた絵馬《えま》ってのを取り返すのが、俺の役目でね」

3

絵馬とは、神社に奉納する板画《いたえ》のことである。

かつては生きた馬が奉納されていたが、それがワラで作った馬の人形に替わり、さらに馬の画を描いた板になったのだ。

室町時代には、馬だけではなく、神仏なども描かれるようになった。その後、社寺の境内に奉納された絵馬を飾る絵馬堂が建てられるようになる。

江戸時代には、武家も庶民も、願い事をしたり願いが成就した時のお礼に、様々なものを描いた絵馬を奉納するのが流行した。そのために、専門の絵馬屋や絵馬絵師も現れた。

学業の達成を祈願して、天神様こと菅原道真の画を描いた絵馬を奉納することは、現代でも、よく知られている。

他にも、眼病を患っている者は、その平癒を願って四対の目を描いた絵馬を奉納した。四対だから合計八個の目、つまり〈八つ目絵馬〉と呼ばれたが、これは〈目病《めや》み〉という洒落である。また、鶏を描いた絵馬は油虫駆除の願かけで、黒馬の絵馬は降雨祈願という具合だ。

「世の中には色々な道楽があるが」と右近。

「絵馬を集める道楽者がいるとは、俺も知らなかったよ。それも、そこらの絵馬屋で売ってるようなものでは満足できない。同好の士に自慢できるような珍しい絵馬を手に入れることに、商売や仕事以上の熱意を傾注しているんだ。骨董狂いと同じさ」

「へえ……」

岡っ引の左平次も、呆れたような表情になる。

「日本橋に、越後屋って呉服問屋があるだろう」

「大奥御用達の大店ですね」

「あそこの主人の宗右衛門というのが、この度《たび》の依頼主だ。絵馬道楽の親方さ。金に飽かして、天下六十余州から絵馬の名品珍品を収集している」

「その名品てのが盗まれたんですか」

「宗右衛門は煙草も好きでな」

右近は、左平次の問いかけに直接は答えずに、

「特に薩摩物に目がない。で、半年ばかり前のこと、ちょうど煙草を切らしたところに、折良く流しの煙草売りがやって来た。これが勘助という男だ――」

勘助から買った薩摩物の味が気に入ったので、越後屋宗右衛門は、彼を贔屓《ひいき》にすることにした。こうして、煙草売りの勘助は、十日おきに越後屋に顔を出すようになったのである。

勘助は如才ない男で、自分のことはほとんど話さないが、たいそう聞き上手だった。こういう相手には、収集家は、訊かれずとも自慢をしたくなってしまうものらしい。

「二ヶ月ほど前のこと、宗右衛門は勘助を離れ座敷に上げると、秘蔵の絵馬の数々を見せてやった。勘助がしきりと感心するので、良い気分になった宗右衛門は、ついに秘蔵中の秘蔵品である絵馬を見せた。それが、難船絵馬だ」

「難船絵馬……？」左平次は首をひねる。

「航海安全を祈願する船絵馬なら、聞いたことがありますが」

「俺も初めて聞いたよ」

右近は蕪の漬け物を噛みしめて、

「今から十八年前の十一月八日のこと、紀州熊野灘で日輪丸《にちりんまる》という三百石積みの船が嵐の海に呑まれそうになったが、何とか沈没をまぬがれて、鮫頭《さめず》という湊《みなと》にたどりついた。九死に一生を得た四人の船乗りは、永福寺という寺の境内にある金比羅堂に、激浪に翻弄される船の様子を描いた絵馬を奉納した。これが、天下にただ一面という難船絵馬だ」

「へえ……つまりは、相当の値打ちものってことですね」

「うむ。その難船絵馬を、三年前、越後屋宗右衛門が箱根に湯治に行った帰りに、小田原の古道具屋で見つけたんだそうだ。宗右衛門は、その絵馬がいかに貴重なものか、煙草売りの勘助に滔々と自慢したらしい。すると、勘助の顔色が変わり、じっと穴の開くほど絵馬を見つめていたそうだ。その場は、それで終わった。ところが、三日後に思い詰めたような顔をした勘助がやって来て、難船絵馬を売ってくれ——と言ったのだな」

越後屋宗右衛門は、笑って聞き返した。お前さん、百両持っているのかね、と。百両どころか、この難船絵馬は二百両、三百両の価値がある。それに、自分は、この難船絵馬がひどく気に入っているから、たとえ、目の前に千両箱を積まれても売る気はないよ――そう言って、断った。

「そうしたら、勘助は姿を見せなくなった。そのうち、また来るだろうと宗右衛門は高をくくっていたのだが、一月ほど前、越後屋に泥棒が入った。盗まれたのは、例の難船絵馬一面だけ」

「勘助の仕業ですかね」

「宗右衛門も、そう考えた。ところが、うっかり町奉行所に届けることも出来ない」

数百枚の絵馬を所持している宗右衛門であるが、正式に絵馬屋から買った未使用のものは、その半分もない。半分以上は、誰かが奉納した絵馬である。

勿論、そんなものを勝手に売買してよいということはない。本来なら、ずっと絵馬堂に飾られるか、そうでなければ、ちゃんと絵馬供養で燃やされるべきものなのだ。

そういう絵馬を大量に所持していることがわかったら、絵馬盗人よりも先に、越後屋が罪に問われる可能性がある。

「いや、それどころか、俺は、小田原の古道具屋の話も眉唾ものだと思っている。何か不正な手段で難船絵馬を手に入れたとしても、あの男なら不思議はない……」

とにかく、宗右衛門は苦悩した。処罰されるのは嫌だが、だからといって、難船絵馬に対する執着は消しようがない。

一ヶ月間、悩みに悩んだあげく、宗右衛門は、萬揉め事解決屋の秋草右近に絵馬奪還の依頼をしたというわけだ。

「その手間賃が十両だぜ。千両箱以上の価値があると言っておきながら、それを取り戻す費用が十両というのは、どういう算盤《そろばん》だ。なあ、おい」

「金持ちなんて、みんな、そんなものでしょう」

「まあ、そんな理由で、手始めに勘助の塒《ねぐら》を見に来たというところさ」

「なるほど……」左平次は頷いて、

「旦那。お気の毒だが、その煙草売りは、江戸にはいませんぜ。盗んだ絵馬を売りさばくのに江戸では都合が悪いでしょうから、大坂へでも逃げたんじゃあ」

「そうだな。勘助は上方の出らしいし。一月もたってるしな。今ごろは、絵馬を処分した金で島原遊郭で遊び惚けているかも知れん」

右近は大刀を手にして立ち上がり、

「だが、手付けの三両を貰った以上、俺も、働かぬわけにはいかん。これから、勘助が仕入れをしていた煙草問屋へ行ってみるよ」

左平次も立ち上がりながら、

「そいつは、ご苦労様です。何か、役に立つ種《ネタ》が聞けるといいですね」

「うむ……」

座敷から出ようとした右近は、ふと、自分の右の掌を眺めた。

「旦那、どうかなさいましたか」

「む……いや、何でもない」

懐手になって、右近は廊下へ出る。彼は、先ほど抱いた子供の感触が右手に残っているような気がしたのである。

4

女の紅《あか》い唇が、仰臥した男の広い胸から脇の方へと這ってゆく。その右脇に、斜めに走るどす黒い痣のようなものがあった。

「ねえ、笙馬《しょうま》様」

女――お徳は、甘ったるい声で訊く。豊かな乳房の間に、汗がたまっている。

「この痣は、どうなすったんですか。何か、棒のようなものを叩きつけられたみたいな」

「戒《いまし》めさ」

天井を眺めながら、不知火《しらぬい》笙馬は言った。

そこは、今戸にある寮の一室である。江戸でも指折りの唐物商《とうぶつしょう》の大店、堺屋庄五郎の寮だ。お徳は、この寮の女中だ。

開け放した障子の向こうは中庭で、夕闇に青く染まっている。

「戒め……？」

二十一歳のお徳は、訝《いぶか》しげな表情になる。

「格下の相手でも、決して侮ってはならぬという戒めだ」

上体を起こした笙馬は、枕元の煙草盆を引き寄せる。

美形であった。年齢は二十代半ばであろうか。細面で、歌舞伎の女形かと思えるほど、美しい顔立ちをしている。が、眉宇に邪悪な翳《かげ》りがあった。

肩にかかるほど長く総髪を伸ばしている。贅肉のない引き締まった肉体であった。

お徳も軀を起こすと、笙馬の肩に肌襦袢をかけてやった。そして、無言で煙草を喫う男の昏《くら》く秀麗な横顔を、惚れ惚れとして見つめる。

「どうして、笙馬様みたいな情け知らずが生まれたのかしら」

「私は情無《じょうな》しかな」

「ええ。本当に冷たい人」

蜜を含んだ口調で言いながら、お徳は猫のように、己れの頬を男の腕にすりつける。

「昔……………実の兄を斬ってな」

ぽつり、と笙馬が言った。お徳は、はっと顔を上げる。

「その時、私は本当の自分を知ったのだ」

「そんな、お辛い体験が……お察しいたします」

お徳は涙ぐむ。と、笙馬の唇の端がねじれるように持ち上がった。微笑んだのである。笙馬は、ゆっくりとお徳の方を見て、

「兄を斬った時に、私の軀の中に一条の光が射しこんだように見えた。その血の臭いに、私は酔った」

「笙馬様……」

「まるで、狭い箱の中から外へ飛び出したような、晴れやかな気持だったよ。そういう人間だったのだ、私は」

お徳は何をどう言ったら良いのか、わからなかった。情事の気だるい余韻は完全に消え失せて、肌に粟を生じている。

ほんの少し前まで自分を燃え狂わせていた男が、人の形をした得体の知れない毒虫のように思えてきた。

「──不知火様」

障子の蔭から声がかかった。番頭の藤吉である。お徳は、あわてて着物を羽織った。

「堺屋殿のお呼びか。わかった、すぐ行く」

煙管《きせる》を置いて、笙馬は立ち上がる。

「お徳」

身仕度をしながら、不知火笙馬は女の顔も見ずに言った。

「人は存外、簡単に死ぬものだぞ」

5

野次馬を掻き分けて、その普請場《ふしんば》の奥へ入った左平次は、そこに転がっている死体を見て、思わず、そう呟いた。

「ううむ、またか……」

場所は、神田須田町。右近と麴町であった日から二日後の、早朝である。

ホトケは五十前と見える体格のよい男で、法被に紺の川並を穿いている。職人のような風体だ。喉首を真一文字に切り裂かれ、衣服が血まみれになっている。両眼は、かっと見開かれ、恐怖と苦痛に顔は醜く歪んでいた。

そして、髻を切り落とされ、芝居に出てくる亡霊のように、ざんばら髪になっている。切られた髻は、胸の上におかれていた。

「見つけたのは、豆腐売りの辰三って奴で」

松次郎が説明する。すでに腐臭が漂い、蠅が集まっているので、顔をしかめていた。

「いつも贔屓にしてる豆腐売りなんで、すぐに、あっしの家に知らせに来てくれました。それで、すぐに陣取りして、親分の所へ番太郎の爺さんを使いに走らせたってわけです。辰三は、そこの自身番に待たせてあります」

「そいつは、ご苦労。松よ、俺たち十手持ちは、豆腐ひとつでも、おろそかに買うもんじゃねえな」

「全くでさ」

親分と乾分は、少し笑った。そして、すぐに左平次は表情を引き締めて、

「で、ホトケの身元はわかったのか」

「番太郎が知ってました。この先の裏長屋に住んでる、亀次って鋳掛け屋です。独身《ひとり》者《もん》だそうで」

「そうか。長屋の者や大家には、後で話を聞くとしよう。得物は匕首か。血の固まり具合からして、殺られたのは真夜中だろうが……こいつも、ずいぶんと色が黒いな」

「軒下で仕事をする鋳掛け屋だから、日焼けはするでしょうが、本当に炙ったように黒いですね。しかも、色黒で髻を切られたホトケが、これで三人目とは。一体、この連続殺人には、どんな意味があるんでしょう」

「難問だが、それを突き止めるのが俺たちの仕事だ」

と、松次郎が、左平次の背後に視線を動かして、

「親分、旦那が」

「ん？」

振り向いた左平次は、野次馬を割って秋草右近の巨体が近づいて来るのを見た。

「これは、右近の旦那。お早うございます。どうして、ここへ」

「おう、お早う。ついそこで、髻を切られた死骸が見つかったと聞いてな。これが三人目のホトケか。名前は何というんだ」

「鋳掛け屋の亀次です」

「亀次……亀……やはり、そうか」

右近は何度も頷いてから、左平次に、

「親分、ちょっと大事な話がある」

「へい……？」

二人は、少し離れた所にある無人の掛け茶屋の中へ入った。葦簀《よしず》の蔭になって、往来からは二人の姿は見えない。

「これを見てくれ」

右近は、懐から出した紙を広げて、左平次に見せる。

長五郎

鉄吉
丹兵衛
亀助

「この名前が、どうかしましたか」

怪訝な顔つきをした左平次だったが、すぐに、はっと刮目《かつもく》した。

「鉄吉…哲蔵……丹兵衛…伸兵衛……亀助…亀次………旦那っ、殺されたホトケの名に似てますが、これは？」

「この前、話しただろう。例の難船絵馬を奉納した四人の船乗りの名前が、これさ。俺も暑さでぼんやりして、すぐには気づかなかったのだ」

「似てはいますが、しかし……」

「まあ、聞け」と右近。

「難船絵馬は、日《ひ》の本《もと》に一面しかないと言っただろう。だが、嵐で九死に一生を得た者は一人や二人ではあるまい。では、親分。そういう者たちは、普通、何を金比羅様に奉納すると思う？」

「さあ……」

右近は身を乗り出して、

「髷だよ」

「えっ」

「俺は、たった今、越後屋宗右衛門から聞いてきたのだ。船乗りたちは、嵐の最中に髻を切って金比羅様や竜神に祈り、命が助かった時には、その髻を括りつけた絵馬を奉納するんだそうだ。髻絵馬と呼ぶらしいがな。道理で、画を描いただけの難船絵馬が珍しいわけだ」

「元船乗り……そうか、それで三人とも潮風焼けで色が黒かったのか」

左平次は腕組みして、唸るように言う。

「殺された三人は十八年前、船乗りだった。正確には四人だが……」

右近は説明を始める。

「この四人は、日輪丸に乗って嵐にあい、九死に一生を得た。だが、何か秘密の事情があって、髻絵馬を奉納することができない。それで、絵馬絵師に嵐の画を描いて貰い、それを永福寺に奉納したんだ」

そして、四人は船乗り稼業から足を洗い、江戸へ出てくると、名前を変えて別の人生を歩み始めた。ところが、今ごろになって、難船絵馬を見たある男が、彼らの秘密に気づいた。そして、哲蔵たち三人を次々に殺したのだ。髻を切り落としたのは、殺す理由が十八年前の事件だということを示唆するためだろう。

「その男というのは、煙草売りの勘助……」

左平次は息を呑んだ。

6

「そう考えて間違いなかろう」

　秋草右近は頷いた。

「勘助が八朔長屋から姿を消したのは、一ヶ月前。殺しが始まったのが二十日ほど前。時期も一致する」

「ですが、勘助は二十五と聞きました。十八年前なら、まだ七つでしょう。そんな餓鬼に人を殺すような理由が……いや、待てよ。父親かな。父親の仇討ちとか」

「俺も、それを考えた。三百石積みの廻船だと、普通、船乗りの数は五人だそうだ。が、難船絵馬に書かれていた名前は四人だけ。一人は、嵐で死んだのかも知れん。だが、その死んだ船乗りが勘助の父親で、実は他の四人に殺されたのだとしたら、息子の仇討ちという推理は成り立つだろうな」

「たしか、勘助は二ヶ月前にお伊勢参りに出かけたと、おっしゃいましたね。本当は、お伊勢様から鮫頭湊まで足を伸ばして、絵馬のことを調べたんじゃないでしょうか」

「うむ。そして、越後屋から難船絵馬を盗みだし、碁帰りの加納屋哲蔵を待ち伏せて、その絵馬を突きつけ、十八年前の真相を問いただしたのだろう」

雑木林の中へと誘ったのは、勘助ではなく、案外と哲蔵の方だったかも知れない。哲蔵にとっては他人に聞かれると困る話だからだ。とにかく、雑木林の中で、勘助は哲蔵を刺し殺した。殺す前に、他の三人の今の名前や居場所を聞き出していたのだろう。そして、伸兵衛と亀次の隙を狙って、殺したのである。

「哲蔵は煙草を喫うのか」

「ええ。大の煙草好きだったそうで」

「では、それと知らずに、勘助から煙草を買ったかも知れんな」

勘助は、哲蔵の顔を覚えていたのだろう。だから、十八年ぶりに会っても、哲蔵こと鉄吉だとわかった。しかし、彼が名前を変え過去を隠していることに、疑念をいだいたのではないか。

哲蔵の方は、七歳の時の勘助の顔しか知らないから、成長した彼に会っても気づかなかったのだろう。

「馬鹿な野郎だ。本当に父親の仇敵《かたき》が見つかったのなら、堂々と町奉行所に訴え出ればいいのに」

「何しろ十八年前の事件だからな。しかも、誰も見ていない海の上のことだ。お白州で、哲蔵たち四人に『証拠はあるのか』と開き直られたら、それまでだよ。だから、自分の手で始末しようと思いつめたのだろう」

「なるほどね」

左平次は立ち上がって店の奥へ行くと、素焼きの瓶に汲み置きしてあった水を湯呑みに注いで、持って来た。二人は、その水を旨そうに飲み干して、

「それにしても困りましたね。旦那の推理は見事だが、日輪丸の最後の一人、長五郎って野郎を、どうやって見つけたものか。肌が浅黒くて、名が〈長五郎〉に似ているというだけじゃ、この広い江戸では捜しきれねえ。うかうかしてると、勘助が殺ってしまうだろうしなあ」

「安心しろ、親分」

右近は、頼もしい微笑を浮かべる。

「実は、もう見つけた」

「本当ですかいっ」

思わず、左平次は腰を浮かせた。

「朝っぱらから越後屋へ押しかけたのは、四人の名前を確かめるためだけじゃない。明け方、寝床で色々と考えているうちに、やっぱり、宗右衛門は何か俺に隠していると思えたからだ。あの狸め、ちょいと凄んだら、白状したよ。小田原の古道具屋で難船絵馬を見つけたって話は、大嘘だった」

大奥御用達商人の越後屋は、お得意先である奥女中たちに、色々と贈り物をする必要がある。できれば、なかなか手に入らないような珍しいものが、喜ばれる。

それで、唐物屋《とうぶつや》の堺屋庄五郎と親しくなった。唐物屋とは、中国や欧州からの輸入雑貨を扱う商売である。婦人用の小物や宝石、置物などを、店へ出す前に優先的にまわしてもらっているのだ。

さて――三年前のことである。その堺屋と屋根船で大川下りをしているうちに、かなり酒に酔った庄五郎が、「越後屋さんは絵馬道楽と聞くが、難船絵馬というのをご存じか」と言い出したのだ。

無論、宗右衛門が知らないと言うと、「火事でもないかぎり、熊野の鮫頭湊の永福寺という寺に、まだ、かかってるはずですよ。どうして知っているかというと、何を隠そう、それを奉納したのが私だからです。私はこう見えても、昔は大坂と江戸を行き来する廻船の船頭だったんですよ」と庄五郎は語った。

その話を聞いた宗右衛門は、どうしても難船絵馬が欲しくなった。それで、出入りの鳶の頭《かしら》を無理矢理に口説いて、紀州熊野まで絵馬を盗みに行ってもらったのである。

その時の旅の理由が、やはり伊勢参りだったというから、人間の知恵というのは誰でも大して変わりないのだろう。

「泥棒に大事な絵馬を盗まれたと言ってる奴も、実は泥棒だったんだ。俺は、何と盗品捜しをやらされるところだったのだよ。全く、ふざけた話さ」

「つまり、その堺屋庄五郎が、この日輪丸の長五郎なんですね」

「うむ。堺屋庄五郎は、今年で六十七。十八年前には四十九だ。隠居の時期だな」

右近は、襟元をくつろげて、

「それにしても、語るに落ちるとはこのことさ。酔いが醒めて正気に返ってから、庄五郎はしまったと思ったろうが、もう遅い。しかし、まさか、宗右衛門が難船絵馬を盗んでまで手に入れるとは、予想もしなかったろう。まして、煙草売りの勘助が、その絵馬を見てしまうとはな」

「とんだ因果話ですねえ」

さっき飲んだ水のためか、全身から噴き出した汗を拭きながら、左平次は言った。

「で、親分」と右近。

「どうするかね」

「正面切って堺屋に乗り込んでも、庄五郎は何も白状しないでしょうね。まして、証拠の難船絵馬もないんですから。かといって、勘助の居所もわからない。こいつは――」

左平次は、ふてぶてしい顔つきになった。

「堺屋に、囮になってもらうしかないでしょう」

「今戸に堺屋の寮がある」

右近も、嗤いを浮かべて、

「庄五郎は夏風邪をひいたといって、半月ほど前から、その寮で養生してるそうだ」

7

黒い麻の帷子を着た堺屋庄五郎は、居間に一人でいた。ゴブレットの赤葡萄酒を、ちびちびと啜っている。

軀は小さく瘦せていて、顔つきも貧相だから、大店の主人らしい貫禄は感じられない。髪は薄く真っ白だった。

庭に面した障子は開け放っているので、夜風が居間を通り抜けてゆく。亥の上刻――午後十時を過ぎて、ようやく、昼間に地面に蓄積されていた熱気が薄れたようだ。

ふと、人の気配を感じて、庄五郎は庭の方に顔を向けた。

そこに、深緑色の単衣を臀端折りにした二十代半ばの男が立っている。左脇に風呂敷包みをかかえ、右手に匕首を握っていた。

「堺屋庄五郎……いや、日輪丸の船頭、長五郎だなっ」

男はかすれたような声で問う。

「お前さんが、源八の伜の勘助かい。親父に似ぬ優男だのう」

庄五郎は、落ち着き払った態度で言った。刃物を手にした男の突然の出現に、驚いた様子がない。

「娘っ子の臀でも撫でまわしているのがお似合いの優男が、三人もの人間を次々と殺《あや》めたのだから、本当に人というものはわからないものだなあ」

「ふざけるなっ、人殺しはお前たちじゃないか！」

勘助は草履履きのままで、縁側に駆け上がった。風呂敷包みを解いて、中身を庄五郎の前に叩きつける。それは、越後屋から盗み出した難船絵馬であった。

「俺は、鮫頭まで調べに行ったんだ。こいつを描いた絵師はもう死んでいたが、お前たちが髻を奉納することをひどく嫌がっていたという話を、船乗り宿の主人に聞いたぞ。それを加納屋に話したら、あいつ、急に俺の首を絞めようとして……だから、匕首を突きつけて、白状させたんだ。お前らが四人がかりで俺のお父《とう》を殺して、鱶《ふか》の餌にしたってことをっ」

「鉄吉…いや、加納屋哲蔵が、みんなしゃべってしまいましたか」

庄五郎は、赤葡萄酒を飲み干して、

「あいつはねえ、昔から、今ひとつ性根の据わらぬ奴だった」

今から十八年前の冬――日輪丸は高価な唐物を満載して、大坂から江戸へ向かった。

船頭の長五郎は、舵取りの鉄吉や丹兵衛、亀助と共謀して、積荷をそっくり盗品買いの業者に売り飛ばす計画を立てていた。

船乗りにとって、積荷の一部を横流しして小遣いを稼ぐことは、ほとんど常識化している。船主や荷主も、ある程度の被害は黙認していた。しかし、積荷丸ごとというのは、かなり無茶である。

長五郎は、それを嵐のせいにしようと考えた。冬の太平洋、特に熊野灘は大時化《おおしけ》になることが多い。嵐になれば、船を沈めないことが第一となるから、邪魔な積荷は海に捨てても罰されないのである。

この計画の障害は、今まで乗っていた船が老朽化して廃船となったため、新しく日輪丸の乗員となった源八であった。源八は堅物で、出航してから何度も説得したのだが、どうしても仲間になることを承知しない。逆に、そんな不正をしても必ず発覚するからやめろ——と長五郎たちを諫めるのだった。

しかし、計画を話してしまった以上、源八をそのままにしておくことは出来ない。長五郎たちは、鱶の多い海域に来ると、四人がかりで源八を縊り殺し、腹を裂いて海へ捨てたのである。案の定、血と腸《はらわた》のにおいを嗅ぎつけた鱶の群れが集まり、源八の死骸を争って喰いちぎった。

それから、海上で盗品買いの業者——〈船霊《ふなだま》〉と呼ばれている——の船に、積荷のほとんどを移した。そして、わざと大時化にあうと、本当に沈没しそうになりながらも、やっとのことで鮫頭湊にたどりついたのである。

地元の浦役人により厳しい取り調べが行われたが、四人は口裏を合わせて上手く切り抜けた。積荷を海に捨てたことは不可抗力であり、源八は波にさらわれたということで、正式に海難を証明する浦証文《うらしょうもん》が発行された。

長五郎たちは、命がけの賭けに勝ったのである。

ちなみに――天保元年の九月、御城米を積んだ江戸廻船が、遠州の沖で嵐のために沈み、船乗りたちは艀《はしけ》で志摩の波切村にたどりついた。浦役人は彼らの主張を信じて、調査を打ち切った。

実は、船乗りたちは航海の途中で積荷の一部を密売し、それを隠すために、わざと船を沈めたのである。だが、船は沈みきれずに大王崎に座礁し、波切村はもとより近隣の村々から小舟が出て、船底に残っていた百俵の米を奪ったのだった。

それが、九年の正月に発覚。関係者五百人が捕らえられ拷問されて、重罪の者四十人が江戸送り、そのほとんどが牢死したという……。

万事順調と思われた長五郎たちだったが、ただ一つだけ、問題があった。船乗りとしては、沈没を免れた時には必ず、感謝の印として金比羅様に髻絵馬を奉納しなければならない。

しかし、長五郎たちは日輪丸を降りて、船霊から分け前を受け取ったら、ほとぼりが冷めた頃に江戸へ出るつもりだった。それが、髷なしでは旅も出来ない。なによりも、万が一、犯罪が発覚した時に逃亡するのに、髷がないと目立って非常に不利だ。

そこで長五郎は、絵馬絵師に嵐の様子を描いてもらい、髻絵馬の代わりに、この難船絵馬を奉納したのである。

唐物密売の分け前は五百両ほどであった。長五郎が百五十両をとり、残りを鉄吉たち三人が山分けした。そして、江戸へ出て名前を変えると、それぞれの商売を始めたのだった……。

「まさか、今になって、お前さんのような孝行息子が現れるとはね。やれやれ……いや、本当に、口は災いのもとだよ」

庄五郎は苦笑する。

「お父の仇敵だ。用心棒の浪人は、さっき出かけたから、助けにはならねえぞっ」

そう言って、勘助が匕首を構え直した時、

「——そう思わせるのも、こちらの策でな」

背後から声がかかった。

「っ⁉」

勘助が、もがくようにして振り向くと、庭に黒い着流しの浪人者が立っている。

不知火笙馬であった。

8

「この寮に閉じこもって、お前さんが仕掛けて来るのを待つのには、私は、もう飽きたのでねえ」

　赤葡萄酒をゴブレットに注ぎながら、堺屋庄五郎は言う。

「だから、わざと先生や番頭たちが出かけたように隙を見せて、お前さんを誘いこむことにしたのさ。うまく引っかかってくれて、良かった」

「くそっ」

　勘助は目を吊り上げて、庄五郎に突きかかろうとした。が、風のように縁側に駆け上がった不知火笙馬が、彼の襟首をつかむと、庭へ放り出す。

「う……」

　倒れた拍子に、勘助は匕首の刃で、自分の右の掌を傷つけてしまった。が、すぐに左手で匕首を握ると、怒りに燃えて立ち上がる。

　その瞬間、縁側から飛び降りた笙馬の大刀が、抜く手も見せずに鞘走った。

「げぇっ」

頭頂部から胸元までを縦一文字に斬り割られた勘助は、血の柱を噴いて倒れ伏す。
笙馬は、満足げに懐紙で血刀をぬぐうと、納刀した。江戸の夜の底に棲息する不知火
笙馬は、左京流居合術の達人なのである。
その時、裏木戸を蹴り割る音がして、四人の人間が庭へ駆けこんで来た。秋草右近
と十手を構えた左平次、それに乾分の松次郎と六助であった。
「しまった、遅かったか」
勘助の死骸を見た左平次が、無念そうに舌打ちをする。
「もう少し早く、こいつが忍びこんだのに気づいてりゃあ、死なせなかったものを
……」
右近の方は、笙馬の顔を見据えて、
「貴様、生きていたのか」
四ヶ月ほど前――右近と笙馬は、永代橋の上で立合い、からくも右近が勝利したの
である。その時、笙馬は橋から落ちて、生死不明になっていたのだった。
笙馬は薄く笑う。
「まだ、私の悪運は尽きていなかったようでな。何とか上流に向かって泳いで、仙台
堀から這い上がったのだ。大川の水は冷たかったぞ」
その麗貌から笑みが消えて、切れ長の目に凄い光が浮かぶ。

「お主には初太刀を外され、あまつさえ、脇腹に鉄刀の一撃を受けたな……もう少しで、肋骨が折れて肺腑に突き刺さるところだったよ」

「……」

右近は背筋に冷たい波が走るのを感じた。前回は、相手の癖を利用して大刀の柄を叩き折るという奇策が成功したが、その手がもう一度通用するはずもない。

「不知火先生。かまいませんから、そいつら四人とも始末してください。町奉行所にも伝手《つて》はありますから、岡っ引の二匹や三匹消したところで、どうにでも取り繕えます」

堺屋庄五郎は、あっさりと言い放った。

「よかろう」

笙馬は、すらりと大刀を抜く。居合術者があえて刀を抜いて勝負するとは、異例のことであった。

「みんな、退《さ》がってろ」

鬼貫流抜刀術の達人である右近もまた、腰の物を抜き放った。刃のついていない肉厚の鉄刀である。並の相手の剣ならば、鍔元から叩き折ってしまう。

だが、笙馬は並の相手ではなかった。それどころか、明らかに、兵法者として右近よりも腕が上なのである。しかも、前回と違って油断をしていない。

二人は対峙した。距離は二間ほどだ。右近は右脇構え、笙馬は下段に構えている。左平次たちも青ざめた顔で、息を呑んで見守っていた。

「……………」

夜の庭に流れる二人の闘気が、見えない渦を描いていた。

と、音もなく、笙馬が動いた。滑るように間合を詰めて、下段の剣を返し、逆袈裟に鋭く斬り上げる。

右近は右斜め後方に退がって、何とか、この攻撃をかわす。が、そこまでは笙馬も計算済みであったらしい。躊躇なく跳ね上げた剣を返すと、右近の軀を両断すべく、大上段から真っ向唐竹割りに撃ちこんで来る。

「っ！」

その時、右近がとった対抗策は、自分でも全く意識しないものであった。考えたのではなく、鍛え抜かれた肉体が咄嗟に反応したのである。

右近は何と、鏡に映した如く、笙馬と同じように大上段から鉄刀を振り下ろしたのだ。

両者の刀の軌道と速度が完全に一致し、そして、激突した。火花が散った。

驚くべし、笙馬の大刀が割れた。折れたのではない。切っ先から鍔元まで、合掌した手を開くように、中心線から左右に割れたのである。鍔も落ちた。

誰もが、見たことも聞いたこともない事態であった。

が、不知火笙馬の決断の迅さは、まさに神速だった。柄のみになった大刀を捨てて、脇差を抜く。

「むっ」

かわしきれずに、右足の太腿を斬り裂かれた右近は、後ろへ跳び退がったものの、不覚にも地面に片膝をついてしまう。

そこへ、笙馬が斬りこんできた。左平次たちも庄五郎も、右近の頭部が斬り割られるしかないと見た。

「お……………？」

笙馬の動きが止まった。振り下ろした脇差も、右近の頭の上で制止した。

笙馬の眼が下を向く。右近が鉄刀を諸手で繰り出していた。その鉄刀は、笙馬の胸の真ん中を貫き、背中まで抜けている。

「なるほど……刃のない鉄刀でも、突きならできるわけか……」

薄い唇の端が、僅かに持ち上げられたが、それが笑みを作る前に、笙馬の瞳から光が消えた。

不知火笙馬の痩軀は、ゆっくりと横向きに倒れる。

「ひいっ」

庄五郎が、ゴブレットを放り出して逃げようとした。

「逃がすんじゃねえっ」

左平次が叫ぶと、松次郎と六助が猟犬のように飛び出した。庄五郎を押し倒すと、乱暴に縄をかける。

「おいっ、岡っ引の二匹や三匹消しても、どうにでもなるとぬかしやがったなっ」

六助が、庄五郎の臀を蹴った。

「小伝馬町の牢じゃあ、てめえのような金持ちが命金《ツル》もなく入牢《じゅろう》すると、よってたかって可愛がってくれるそうだぜ。お調べが済むまで息の根が止まらねえように、せいぜい、気をつけるんだなっ」

松次郎も嘲りながら、縄を結ぶ。

「旦那っ、大丈夫ですか」

手拭いを引き裂いて、止血の紐を作りながら、左平次が問う。

「ああ……太い血の管は、斬られてないようだ」

臀餅をついた格好で、右近は喘ぎながら言った。右足は血まみれである。まだ、自分が生きていることが信じられなかった。

左平次の手当を受けながら、右近は、鉄刀で胸を貫かれたまま絶命している笙馬に目をやって、

「脇差と鉄刀の長さの差で、命拾いしたよ。もしも、脇差ではなく大刀だったら、俺の方が先に斬られていただろう……」

「旦那が勝ったんだ。旦那の方が、こん畜生よりも強かったんですよ、そうですよっ」

興奮した口調で、左平次が言った。

「さ、立てますかい。それとも、駕籠を呼びにやらせますか」

「うむ……立ってみようか」

左平次の肩をかりて、右近は何とか立ち上がった。彼の重さに、左平次は呻く。

と、夜空に白く細く尾をひいて星が流れるのが見えた。

「旦那、流れ星ですぜ」

「星下《ほしくだ》り……」

右近が、ぽつりと言った。

「え？」

「流れ星のことを、そう呼ぶのさ」

今、流れた星は、勘助のものか、それとも不知火笙馬のものか。いつか、右近の星も流れる時があろう。

「お蝶姐御がこれを見たら、あっしは、ずいぶんと、とっちめられるでしょうね。旦那を危ない目にあわせたって」

「ははは、そうだな」

力なく笑いながら、右近は、裏木戸の方へ足を踏み出した。今になって、全身が汗で、どっぷりと濡れているのに気づく。

明日も暑くなりそうであった。

第三話　殺しに来た男

1

「どうあっても――」と榊原隼人《さかきばらはやと》は言った。

「あの秋草右近《あきくさうこん》めを葬《ほうむ》らねば、我らの武士として意地が立たぬ」

「左様。なれど……彼奴《きゃっ》は手強《てごわ》すぎる」

木島伊八郎《きじまいはちろう》は盃《さかずき》を舐《な》めながら、苦い表情をする。

「この前の襲撃の失敗で、味方が一挙に減ってしまったからなあ」

芝海老《しばえび》の卵とじをつつきながら、そう言ったのは、加藤久之《かとうひさゆき》だ。

「右近の奴、片手で大八車を振り回しおった。まるで、風車か何かのように軽々と。鬼か猩々《しょうじょう》の生まれ変わりではないのか、とてつもない腕力じゃ」

隼人の盃に酒を注《つ》いでやりながら嘆息したのは、日下部孫七《くさかべまごしち》である。

陰暦九月初旬の夜――そこは、深川《ふかがわ》にある料理茶屋の離れ座敷だ。彼ら四人とも、相森《おおもり》藩江戸屋敷詰めの藩士たちである。

「ふん、腰抜けどもに用はない。俺は、何としても伯父の仇敵《かたき》を討つのだっ」

隼人は一気に盃をあおった。

座敷の中には、どんよりとした焦燥《しょうそう》が充満している。外の庭では、虫たちが美しい声で鳴いているが、それすら、彼らのやりきれない心を逆撫《さかな》でするのだった。

今年の春――相森藩江戸屋敷では、一つの事件が出来《しゅったい》した。

御前試合で敗けた宮川十朗太《みやがわじゅうろうた》という若侍が、勝った寺田清之助《てらだせいのすけ》を闇討《やみう》ちしたのである。しかも、清之助は、藩主・伊庭右京太夫《いばうきょうだゆう》が寵愛《ちょうあい》する小姓《こしょう》・榊原乙矢《おとや》と逢《あ》いびきしての帰り道だった。つまりは、衆道《しゅどう》の不義密通である。

これが表沙汰《おもてざた》になったら、裏返した畳の上で泣く泣く腹を斬《き》らねばならぬ者が何人も出るだろう。だから、関係者一同は、全てを闇に葬ることに決めた。

清之助は病死という扱いにして、寺田と榊原の親族、それに寺田清之助が通っていた磯部《いそべ》道場の面々が、逐電《ちくでん》した宮川十朗太の討伐隊を組織し、四方に走ったのである。

清之助の仇討ちというより、十朗太の口を塞《ふさ》ぐことの方が主眼といってよい。

乙矢の伯父・榊原頼母《たのも》の率いる一隊は、十朗太の目撃情報を得て箱根《はこね》の温泉地帯に乗りこんだ。が、そこで彼らの前に立ちふさがったのが、鉄刀《てつがたな》を遣う素浪人・秋草右近である。

頼母らは、芦《あし》ノ湖《こ》の畔《ほとり》で右近に叩《たた》きのめされてしまった。そこへ、藩主死去の知らせが届き、もう、十朗太捜索どころの騒ぎではなくなったのである。

まだ六歳の嫡子《ちゃくし》・綱千代《つなちよ》が無事に次期藩主の座についた翌日の夜――ずっと寝こんでいた榊原頼母が、縊死《いし》した。

素浪人に不覚を取ったことを恥じての行動であった。右近に額を一撃された頼母は、その後遺症で手が自由にならなかったから、切腹できなかったのだろう。

こうなると、残った者たちの攻撃目標は、どこへ逃げたか隠れたかわからぬ宮川十朗太ではなく、右近ということになる。何しろ、十朗太は影も形も見えないが、右近の方は堂々と江戸の町を闊歩《かっぽ》しているのだ。

梅雨の明けたある夜――十数人の刺客が右近を襲った。いかに刃のない鉄刀の達人といっても、大勢で押してかかれば必ず倒せる――という人海戦術だ。

が、右近の強さは、彼らの予想を超えていた。彼は何と、道端に停《と》めてあった大八車をつかみ、そいつで刺客たちを薙《な》ぎ倒したのである。

軽傷だったのは、乙矢の兄である榊原隼人たち四名にすぎない。あとの者は皆、頭を割られ、手足を折られ、肋骨《あばら》を砕かれて、天日で炙《あぶ》られた芋虫《いもむし》のように地に這《は》う始末であった。

しかも、この騒ぎは江戸家老の知るところとなり、隼人たちは、御主君代替わりの大事な時期に騒動を起こすな、二度と右近に手を出すな――ときつく厳命された。

が、それで諦《あきら》める彼らではない。こうして今夜も集まり、右近抹殺の策を練っているのだった。

「右近めが右足を負傷したという話が、もう少し早く伝わっておればなあ……。今では、すっかり治っているそうだ」

日下部孫七が、残念そうに言う。

「治ったといっても、足の怪我《けが》だ。本当に元通りに動けるとは限らぬぞ。今こそ、好機ではないか」

隼人の眼が、狂おしいまでの熱を帯びた。

「しかし、我々四人だけでは……」

木島伊八郎は、表情を曇らせる。すると、隼人が、

「いや、実は、わしは助太刀を雇《やと》った」

「助太刀……?」

「うちの中間《ちゅうげん》に、香具師《やし》に知り合いがいる者がいてな。その伝手《つて》で、腕の立つ浪人者を見繕《みつくろ》って貰《もら》った。しかも、その浪人者、我らと同じように右近に恨みがあるという。それで、奴を倒すために山奥に籠《こ》もって修行し、ついに必殺の手を会得したのだそうだ」

「ほほう」

現金なもので、凄腕《すごうで》の助っ人が得られると知った伊八郎たちは、色めき立った。

「それが真実《まこと》なら、かなりの勝算が出てきたわけだな。加勢も集めやすいぞ」

「その浪人、ここ数日の内には江戸へ着くと連絡があった」

榊原隼人は、にたりと嗤《わら》った。

「秋草右近の命日は近いぞ」

2

近藤新之介《こんどうしんのすけ》は、その人物の前を通り過ぎた数間《すうけん》ほど先で、立ち止まった。そして、そっと振り向く。

深川で隼人たちの密談が行われた夜から二日後の午後――浅草東本願寺《あさくさひがしほんがんじ》の近くだ。

道の片側は、大名屋敷の白い塀が続き、反対側は寺院の裏手の雑木林になっている。

その雑木林の木の根元に、旅姿の痩《や》せた浪人者が座りこんでいた。衣服は粗末なもので、たっぷり埃《ほこり》を吸い、垢《あか》じみていた。

晴れ渡った空からふり注ぐ陽差《ひざ》しは、中秋とは思えぬ暖かさだが、日蔭に入ると驚くほど冷えこむ。

その冷たい土の上に、編笠《あみがさ》をかぶった浪人者は座りこみ、組んだ腕の中に顔を伏せている。旅の途中に一休みしているにしては、様子がおかしい。泥酔《でいすい》しているわけでもなさそうだ。

十三歳の新之介は、これを見過ごしにできるような性分ではなかった。他に、道を歩いている者はいない。

「どうかなさいましたか」

近づいて、新之介は遠慮がちに声をかけてみる。武士の子であるから、念のために、一間《けん》ほどの距離をおいてのことだ。

浪人者は、ゆっくりと顔を上げた。髭面《ひげづら》で、三十代後半と見えた。陽《ひ》に焼けた顔が血の気を失って、黒ずんでいる。

力のない眼が、ぼんやりと新之介の方に向けられたが、唇が震えるばかりで言葉は出ない。額に汗の珠《たま》が浮いていた。

「お加減が悪いのですか」

新之介は、男の脇に片膝をつく。

「……不甲斐《ふがい》ないことながら、腹が…きりきりと痛んで、どうにもならぬ」

浪人者は、絞り出すような声で言った。

「それはいけません」

新之介は、さっと周囲を見回した。

大名家の上屋敷に行き倒れの浪人を休ませてくれと言っても、承知するはずがない。雑木林の奥に、竹を組んだ低い垣根があり、その向こうの境内《けいだい》に作務衣《さむえ》を着た中年男の姿が見える。この寺の寺男らしい。

新之介は、浪人者に「少しお待ち下さい」と言って、生垣の所まで行き、寺男に声をかけた。納戸頭《なんどがしら》近藤辰之進《たつのしん》の子と名乗ると、寺男はすぐに住職の許可を得て、浪人者に肩をかして僧房《そうぼう》に運びこんでくれた。

「野宿を重ねたので、すっかり腹の中が冷えていたのですな。それに疲れが加わって、差しこみを起こしたのでしょう。暖かくして休んでいれば、数日で回復しますよ」

寺男の政吉《まさきち》が呼んできた医者は、夜具に横たわった浪人者を診察して、そう言った。

温《ぬる》めの薬湯《やくとう》を飲んだ浪人者は、枕元《まくらもと》に座った新之介に、

「忝《かたじけ》ない、近藤殿。拙者は、武州《ぶしゅう》浪人・桐山弦蔵《きりやまげんぞう》と申します」

「承りました。まずは、ゆっくりとお休み下さい」

「はい……江戸には、大事な用があって参りました。その用事を済まさぬうちは、死んでも死に切れぬ身……まことにお礼の申し上げようもなく……」

礼の言葉は小さな呟《つぶや》きとなり、そのまま消えた。喋《しゃべ》っているうちに、桐山弦蔵は寝入ってしまったのだ。

少しだけ血色の戻った寝顔を見て、新之介も、ようやく安堵《あんど》する。

そこへ、静かな足音が近づいてきた。この林海寺《りんかいじ》の住職、俊寛《しゅんかん》であった。

「近藤様……」

山羊《やぎ》のように白い顎髭《あごひげ》を垂らした老僧は、新之介の名前を聞いて眉根《まゆね》を寄せる。

「もしや、ご浪人の秋草右近様をご存じでは」

「ええ。秋草のおじ様には、いつもお世話になっております。ご住職は、おじ様のお知り合いですか」

「はい。ここは、秋草家の菩提寺《ぼだいじ》でしてな。新之介様のことは、以前より秋草様からうかがっておりました」

「それは知りませんでした。偶然ということはあるのですね」

新之介は嬉《うれ》しそうな表情になる。その気品のある利発そうな顔を、まじまじと見つめながら、俊寛は胸の中で溜息をついていた。

この少年は知らない――近藤辰之進は実は義父であり、秋草右近こそが本当の父親であることを。

十数年前――貧乏御家人《ごけにん》の次男坊だった右近は、家禄七百石の近藤家の一人娘・八重《やえ》の入り婿となった。が、八重が妊娠すると、身分違いを理由に追い出されてしまったのである。その後に、八重の夫となったのが、水野河内守《みずのかわちのかみ》の三男・辰之進《たつのしん》であった。

その経緯《いきさつ》は秘密にされ、新之介は、辰之進が実父だと信じこんでいる。

だが、昨年の春、関八州《かんはっしゅう》の流浪の旅から江戸へ帰還した右近が、ひょんなことから新之介と出会ったのは、血が呼んだのであろうか、それとも、運命の悪戯《いたずら》であろうか。

「——今日も、向島《むこうじま》での用事が済んだので、おじ様の家に寄ろうと思っていたのです」

向島には、新之介の乳母《うば》のお常《つね》が息子夫婦と住んでいる。その息子夫婦に女の子が、つまり、お常の初孫が生まれたので、わざわざ、そのお祝いを自分で届けに行ったのだった。

行き倒れの浪人を助けたことも含めて、あたたかく気さくな人柄であることがわかる。

「左様でございますか」

俊寛は、しばらくの間、当たり障りのない話をしてから、

「このご浪人のことは、拙僧にお任せ下さい。ゆっくりと養生していただきましょう」

「お願い致します」

そう言って、近藤新之介は立ち上がった。新之介と俊寛が出てゆくと、その部屋には桐山弦蔵だけとなる。

障子に庭木の影が映っていた。足音が遠ざかると、不意に、深い眠りについていたはずの弦蔵の目が開く。

「秋草右近……」

両眼から殺気を迸《ほとばし》らせ、軋《きし》むような声で弦蔵は呟いた。

「許さぬぞ、右近……必ずや地獄へ送ってくれる！」

3

「何しやがる、この爺《じじ》ィっ」

その怒声に、老爺《ろうや》と幼い女児の悲鳴が交差し、道端に煙管《きせる》と色々な竹管が、ざーっとばら撒《ま》かれた。

「お、お許しを……」

台箱を担いだ白髪の老爺は、地べたに両手をついて、米搗《こめつ》き飛蝗《ばった》のように頭を下げる。その肩に手をかけて泣きべそをかいているのは、老爺の孫娘であろう、四歳くらいの女の子だ。

桐山弦蔵が林海寺に運びこまれた翌日の午後——大勢の通行人がいる日本橋《にほんばし》の高札《こうさつ》場《ば》の前であった。

「おい、おめえが脂《やに》くさい箱でぶつかって来るから、俺様の一張羅《いっちょうら》ににおいが移っちまったじゃねえか。どうしてくれるんだっ」

二人を見下ろして喚《わめ》いているのは、二十六、七の着流しの男。細面《ほそおもて》の色男だが、まともに働いたことのないごろつきであることは一目瞭然だ。妙に顔色が青ざめているのは、生酔《なまよ》いだからだろう。

こいつに突き飛ばされた老爺は、廻り商いの羅宇《らう》屋だった。

羅宇とは、煙管の火皿と吸口の間の竹管をいう。この竹管は、使用しているうちに煙草《たばこ》の脂が溜まって詰まってしまうから、時々、交換する必要がある。この羅宇や新品の煙管を背負って歩く商売が羅宇屋で、目方が軽い商品だから老人が多かった。

「どうしてくれる……と申されても、わたくしが孫の手を引いて歩いておりましたら、あなた様の方からぶつかって来たので……」

もそもそと老爺が反論すると、途端に、ごろつきの右足が飛んだ。

「うるせえっ」

肩を蹴られた老爺は、横向きに倒れる。台箱が飛んだ。

「くたばりぞこないの分際《ぶんざい》で、この喜助《きすけ》様に説教しようってのか。ぶっ殺されたいんだな、てめえはっ」

さらに蹴飛ばそうとする男の足に、

「やだ、やだ、やめてっ」

女の子が、懸命にすがりつく。

「なんだ、なんだ、この餓鬼っ」

無情にも、その子供を殴りつけようとする喜助――その右手首を、むんずと押さえつけた者がいた。

「う……だ、誰でいっ」

振り向くと、箪笥《たんす》に手足を生やしたような逞《たくま》しい浪人者が立っている。

その大柄な浪人に手首を握られた右腕は、まるで奈良の大仏の下敷きになったみたいに、ぴくりとも動かすことができない。とんでもない握力だ。

「老いた者、己《おの》れよりも弱い者を苛《いじ》めるのが、そんなに面白いか」

四角い顔をした浪人者――秋草右近は、静かに問う。

「大きなお世話だ、ド三一《サンピン》め！　放しやがれっ」

「どれ、俺も試してみようか」

そう言いながら、浪人者は左手でやさしく女の子を脇へやると、喜助の右腕を放すや、いきなり、岩塊《いわくれ》のような右の拳骨《げんこつ》をこいつの顔面に叩きつけた。

「ほげぇっ」

間の抜けた悲鳴をあげて、喜助の軀《からだ》は鞠《まり》のように吹っ飛ぶ。

野次馬の間から、わっと歓声が上がった。右近は、起き上がれないでいる喜助に近づくと、右手で襟元をつかんで軽々と立たせ、今度は左の拳《こぶし》を頬桁《ほおげた》にぶちこむ。喜助は、踏み潰《つぶ》された蛙《かえる》のように地面に叩きつけられた。

「弱い者を殴ってみたが、あまり面白くないようだ。もう五、六発、殴ったら面白くなるかな。どれ――」

そう嘯《うそぶ》きながら、襟首をつかんで再び、喜助を引き起こす。ごろつきの両足が、地面から二寸ばかり宙に浮いた。

「ひぇぇ……か、勘弁しておくんなさい」

折れた奥歯を吐き出しながら、宙吊りの喜助は、弱々しく両手を合わせる。

「これ以上殴られたら……俺ァ、死んじまいますぅぅ……」

「殴られる痛み、しかと覚えたか。これに懲《こ》りて、二度と弱い者苛めはするなよ」

「へい、へい」

「よし。わかったら、そこに散らばっている羅宇を拾え。きれいにして、ちゃんと台箱に戻すのだ」

喜助を地面に下ろして、羅宇屋の老爺の方を見ると、親切な人々に助け起こされ、近くの茶屋の縁台に座らされていた。右近は、老爺に近づいて、

「大丈夫かね、爺さん」

「へい、ありがとうございます」

「どうやら、折れて売り物にならないのもあるようだ。裸銭ですまんが、こいつを今

日の稼ぎ賃ということにして、駕籠《かご》で家へ帰るがいい」

右近は、老爺の手に一分金を二枚、落としてやる。

「こ、こんなことをしていただいちゃあ……」

「遠慮するな」

「ご浪人様……」

片手で顔をおおう老爺から、右近は、赤い頰の女の子に視線を移して、

「お前は偉い子だ。よく、お祖父《じい》さんを助けたな。これは、そのご褒美《ほうび》だ。あとで飴《あめ》でも買いなさい」

紅葉《もみじ》のような手に一朱銀を握らせると、

「おじさん、ありがとう」

ちょこんと頭を下げる仕草のあどけなさ。思わず、右近は目頭が熱くなるのを感じた。

自分と八重が仲睦《なかむつ》まじく夫婦のままでいられたら、新之介の下に、こんな可愛《かわい》い妹が生まれていたかも知れない……。

と、その時、

「――旦那、右近の旦那」

咳払《せきばら》いしながら振り向くと、印半纏《しるしばんてん》に黒の川並《かわなみ》という粋《いき》な姿の若い衆が、頭を下

げる。

「おう。あんたは確か、吉五郎《きちごろう》親方のところの」

「へい。秀次《ひでじ》と申します」

吉五郎は下谷《したや》に住む鳶《とび》の親方で、沢山の人足をかかえている。その人足の一人が先日《にっ》、道灌山《どうかんやま》の近くの親戚の家へ床上げ祝いに行った帰りに、飲み足りなかったので日暮里《ぽり》の〈信濃屋《しなのや》〉という料理茶屋に入った。

そいつは酒癖の悪い奴で、酒を運んできた仲居の態度が悪いとか何とか文句を言ったことから、店の者と喧嘩《けんか》になり、袋叩きにされてしまった。

鳶人足は気が荒く、結束が強い。すぐに、そいつの仲間が集まって、仕返しに、信濃屋の店先に大樽《おおだる》一杯のどぶ泥をぶちまけた。

道灌山から日暮里にかけての一帯を縄張りにしているのが、鬼蜻蜓《おにやんま》の利兵衛《りへえ》という顔役である。縄張り内の店の営業妨害されて黙ってはいられないから、利兵衛の乾分《こぶん》たちは「吉五郎のところの人足どもは一人残らず、足腰立たねえようにぶちのめしてやるっ」と殴りこみの準備を始めた。

このままでは、双方に死人が出かねない。そこで、町名主から頼まれて、この喧嘩の仲裁に乗り出したのが、萬揉《よろずも》め事解決屋の秋草右近だ。

吉五郎と利兵衛を並べて、実に三刻《さんとき》――六時間にも及ぶ情理を尽くした説得の末に、右近はようやく、両者を和解させることに成功し、そのまま手打ちの宴に持ちこんだ。礼金の十両も無事、手にした。これが五日前のことである。

「その節は旦那に格別のお骨折りをいただきまして、あっしのような者がなんですが、改めてお礼を申し上げます」

「いや、大したことはしていない。親方が話のわかる人だったからさ」

「こいつはどうも。――で、実は明日、日暮里の例の信濃屋で、もう一度、手打ちをやろうってことになりました。いえ、今度は、双方の若い奴らだけで。旦那にもおこしいただけると、ありがたいんですが」

「明日か……時刻は?」

「へい。未《ひつじ》の中刻《ちゅうこく》からで」

未の中刻――午後三時である。

「そうか。半刻《はんとき》ぐらいなら、いいぞ。その後、ちょっと用事があるのでな」

「そりゃもう、旦那にお顔を出していただくだけで、みんな歓《よろこ》びます。じゃあ、明日、迎えの者をやりますので」

「うむ、わかった」

頷《うなず》く右近の横顔を、羅宇を拾い集めながら、喜助がそっと盗み見していた。

(こいつが、秋草右近か……)

腫《は》れ上がった顔に密《ひそ》かに嗤いを浮かべて、胸の中で呟く。

（明日の未の中刻……日暮里の信濃屋……へへっ、俺様にも運が向いてきやがったぜ！）

4

ほぼ同時刻――近藤新之介は、林海寺を訪れていた。湯島聖堂《ゆしませいどう》の学問所からの帰り道である。

一晩、泥のように眠りこけた桐山弦蔵は、顔色もよくなり、まだ粥《かゆ》しか喰《く》えぬが、起きて話も出来るようになっていた。新之介に改めて礼を述べた弦蔵は、自分のことを少しずつ語り始める。

「そうですか、桐山様は銚子《ちょうし》から来られたのですか」

「はい……あちらに妹の墓がありまして……その墓参の帰りに、久しぶりに江戸に寄ろうと思い立ちましてな」

日本一の漁港といわれる銚子は、高崎《たかさき》藩の飛び地である。昨日、弦蔵は確かに武州浪人と名乗った。しかし、高崎は武州ではなく上州《じょうしゅう》であり、銚子は房州《ぼうしゅう》である。

が、聡明な新之介は、その疑問を口に出すような無礼なことはしない。

「以前は、江戸詰めだったのですか」

この場合の以前とは、無論、主持ちだった頃のことである。

「もう何年も前のことです……浪人になると、すぐに江戸を離れました。今時、仕官などという都合の良い話があるわけもないし、元の同輩と往来で会うのも気分が悪いですからな」

弦蔵は白湯《さゆ》を一口啜《すす》ってから、さりげなく、

「ところで、新之介殿は昨日、どちらかへ行かれるつもりではなかったのですか。拙者に手間を取られて、何か大切な御用に差し支えたのではないかと、恐縮しております」

「いえ、お気遣いなく」新之介は微笑して、

「昨日は、わたくしが親しくさせていただいている秋草様というご浪人のお宅に伺うつもりでしたが、それは別の日でもよいのです」

「ほほう、秋草殿といわれるか……」

柔和な表情を崩さないようにするには、山を動かすほどの気力を要した。

「はい。強くて、やさしくて、立派なおじ様です」

右近のことになると、新之介の頬も声も自然と熱気を帯びる。

「尊敬なすっておられる」

「はい、とても。実父のようにお慕《した》いしております」

「――どちらにお住まいなのですか、その御仁《ごじん》は」

　瞳の奥に燃える青白い炎を隠しきれなくなった弦蔵は、湯呑みに視線を落として、問う。

「嬬恋《つまごい》神社をご存じですか。その向かい側の一軒家に住んでおられます」

「はあ、お旗本の屋敷が続いている嬬恋坂の上の……あのあたりは見晴らしも良い。そういえば、昔、まだ主持ちだった頃、あの坂を上っておりましたら、何と、丸太が何本も転げ落ちてきたことがありますぞ」

「えっ、丸太ですか」

「ええ。坂の上で大八車が倒れたのですな。すぐに身をかわして無事でしたが、いやあ、あの時は仰天《ぎょうてん》しました――」

　巧みに話題を逸《そ》らせた弦蔵の肚《はら》の裡《うち》には、猛烈な殺意が渦を巻いていた。

5

「無礼だぞっ、貴様っ」

　榊原隼人とともに中間部屋に入ってきた木島伊八郎は、頬被《ほおかむ》りして這《は》い蹲《つくば》っている男を怒鳴りつける。

その夜——赤坂《あかさか》にある相森藩江戸上屋敷の長屋の中であった。

「その被りものを取れっ」

「へ、へい……お目汚しでございましょうが、ご勘弁を」

手拭《てぬぐ》いをとった喜助の顔は、両頬が熟れすぎた柿のように赤黒く腫《は》れ上がっている。

色男面が台無しであった。

伊八郎と顔を見合わせた隼人が、

「何だ、その顔は」

「道を歩いていましたら、秋草右近という浪人者に、いきなり殴りつけられまして……全く狂犬のような奴でございます、はい」

「右近だと？」

緊張した顔になった隼人たちは、さっと周囲を見回したが、無論、人払いしてあるから三人の他に誰もいない。

「へへ……あっしは喜助と申します。こちら様に、奴の動きをお知らせするってえと礼金がいただけると、賭場《とば》仲間に聞いて参りました」

「貴様、知っておるのか」

「知ってるどころじゃございません。あの野郎が一人っきりで通る場所と日付と刻限、お教えできます」

　粘りつくような口調で、喜助は言う。

「申せ、早くっ」

　伊八郎は手早く小判を一枚出すと、野良犬に餌《えさ》をやるように、喜助の前に放る。さっとそいつを拾った喜助は、行灯《あんどん》の光で偽金でないことを確かめてから、

「こいつは手付けでございましょうね」

「間違いのない話なら、あと五両出そう」

「約束ですぜ」

　念を押してから喜助は、明日、右近が日暮里の信濃屋へ行くことを話した。

「行きは案内の鳶人足も一緒ですが、たぶん、帰りは野郎一人でしょうし、酒も入ってます」

「ふうむ……半刻で中座するということは、申《さる》の上刻ごろに信濃屋を出て、嬬恋坂に戻るわけか。すると、谷中《やなか》の切り通しあたりが格好の待ち伏せ場所だな」

　宙に目を据えて、隼人が言う。

「うむ。あそこなら、薄暗くなると、ほとんど人通りがなくなるでのう。宴席帰りで、右近も油断しておろうし」

　伊八郎も頷いた。

「へへへ、良いお知らせでございましたでしょう。では、後金の方をお願い致します」

喜助は、腫れ上がった顔に気味の悪い愛想笑いを浮かべて、両手を差し出す。隼人と伊八郎は、素早く意味ありげに視線を交《か》わし合ってから、

「待て、喜助とやら。後金は、お前の話が本当だと確かめてからだ。明日、谷中までつきあってもらおう」

伊八郎が嗤いながら言う。

「そんな……」

「嘘《うそ》八百で六両も巻き上げられては、かなわんからな。そのかわり、首尾良く右近を討ち果たしたら、ご苦労賃も上乗せして十両払ってやる」

「本当ですかいっ？」

欲望を丸出しにした喜助は、揉み手すら始めた。目先の金に目が眩《くら》み、なぜ、この部屋から人払いがしてあるのか、その理由に気づかないらしい。

「そういうことでしたら、谷中はおろか、唐天竺《からてんじく》までも参りますです、はいっ」

「よし」

伊八郎は、口封じのために始末されるという自分の運命も想像できぬ愚か者から、隼人の方へ向き直って、

「あとは、お主《ぬし》のいう例の浪人者さえ来てくれればなあ――」

6

翌日の昼過ぎ――身仕度をした浪人・桐山弦蔵は、こっそりと林海寺から出た。

夜具の枕元には、俊寛和尚と政吉への礼をしたためた文《ふみ》を置いてきている。近藤新之介への文もだ。

あの親切で純真な少年のことを考えると、胸が疼《うず》く。彼が尊敬してやまぬ人物を、弦蔵は、これから斬りに行くのだ。

政吉の看病で十分に回復したつもりであったが、歩き出すと、足の裏に鉛の板を張りつけられたような感じであった。冷たい汗が噴き出してくる。銚子からの旅の疲れだけではなく、長年の浪人暮らしの無理の蓄積が、弦蔵の軀を蝕《むしば》んでいるのであろう。

途中で何度も休みを取りながら、ようやく、嬬恋神社に辿《たど》り着く。時刻は、未の中刻近くになっていた。

確かに、斜め向かいに一軒家がある。物陰で弦蔵は呼吸を整えながら、しばらくの間、その家を窺《うかが》う。

女が庭に出てきて、干してあった洗濯物を取りこむのが見えた。その様子からして、家の中には誰もいないようだ。

舌打ちした弦蔵は、汗をぬぐい身形《みなり》を整えると、ゆっくりとその家に近づく。

「御免——」

編笠をとって玄関から声をかけると、「はァい」とすぐに女が出てきた。二十歳《はたち》くらいだろう。化粧は薄く、肌こそ浅黒いが、なかなか整った顔立ちの美女だ。

「秋草右近殿のお宅は、こちらかな」

弦蔵自身は、殺気を消して落ち着いた声になっていると思う。

「はい、左様でございますが……生憎《あいにく》と、旦那……いえ、右近は留守でございます」

正座した女——お蝶《ちょう》が、慎ましく答える。

「これは、お内儀《ないぎ》でござるか」

「は？　まあ、はいっ、そんなようなものでございます、おほほほほ」

上機嫌になって、袂《たもと》で口元を隠すお蝶であった。

「拙者は、かつて、善光寺《ぜんこうじ》で右近殿とお会いした桐山弦蔵と申す者。江戸に参ったので、懐かしくなりましてな。右近殿は、いつごろ戻られますか」

「あら、左様でございますか。お呼ばれで日暮里に出かけましたが、夕方、人が訪ねてくることになっておりますので、遅くとも申の中刻ごろには戻ると思いますが……」

「わかりました。では、お邪魔でなければ、その頃、また伺いましょう」

「あの、上がってお待ちくださいっ」

あわてて、お蝶が引き留めると、

「いや。所用もございますれば。御免――」

一礼してから、外へ出て編笠をかぶる。足は、日暮里の方へ向かっていた。

右近の妻は町人の出らしいが、感じの良い女だった。弥生《やよい》が姿を消したのも、あのくらいの年齢であった……。

六年前――藩内の勢力争いに巻きこまれて、結局は暇を取らされた桐山弦蔵は、両親がいないのを幸いに、妹の弥生を連れて江戸を離れた。

浪人が溢《あふ》れている江戸よりも、地方の宿場か城下町の方が、道場の師範代か何かになりやすいのではないか――と考えたからだ。新之介に語ったように、元の同輩に会いたくないという気持ちもあった。

しかし、江戸で仕事が見つからない者は、地方でも見つからない。結局、やくざか高利貸しの用心棒になるくらいしか、喰う道はなかった。

それでも、何とか妹だけはまともに嫁《とつ》がせたいと思い、弦蔵は安住の地を求めて関八州をうろつきまわった。

お蝶に話したことに偽りはなく、弦蔵たちが右近と会ったのは四年ほど前、信州の善光寺だった。境内で開かれる市《いち》の場所割りをめぐって、二つのやくざ一家が争っていた。弦蔵と右近は、その双方に雇われ、その代表として勝負させられるはずだった。だが、互いに相手を見て、実力は互角と判断。たかが場所取りのために相打ちで死ぬのも馬鹿馬鹿しいので、二人は善光寺から遁走《とんそう》したのである。

それから二ヶ月ほど、三人で旅をした。弥生の気持ちが日々、右近に傾斜してゆくのに、弦蔵は気づいていた。同じ浪々の身ながら、右近のように気持ちのよい漢《おとこ》になら妹を任せてもいい——弦蔵は、そう考えるようになった。

しかし、愛妻との仲を引き裂かれた右近には、弥生の純な気持ちが重荷だったのだろう。沓掛《くつかけ》宿で、右近は、桐山兄妹には何も言わずに姿を消した。

取り残され、打ちひしがれていた弥生がいなくなったのは、その二日後であった。右近様のところへ参ります——という書き置きを残して。

二人は、弦蔵に内緒で、何か約束していたのかも知れない。が、これで弥生が幸せになれるのなら、兄としても満足であった。

独りぼっちになった弦蔵の生活は荒れた。盗人《ぬすっと》一味の片棒を担いだこともある。妹さえ巻き添えにしなければ、役人に捕まろうが刑死しようが、どうでもよいという捨て鉢な気持ちだった。

流れ流れて、弦蔵が銚子にたどりついたのは、十日ほど前のことであった。

漁師相手の遊女屋にあがった彼は、相方の妓《おんな》から寝物語に、病死した同輩の話を聞かされた。その蛍《ほたる》という妓は武家の出で、右近という浪人者に売られてきたのだという。

不吉な予感に心の臓をつかまれながら、弦蔵は、病死した蛍の本当の名前を訊《き》いた。桐山弥生――それが労咳《ろうがい》で痩せ衰えて死んだ遊女の本名だった。いつかは、江戸にいる右近が出世して迎えに来てくれると言い続けて、弥生は息を引き取った。一月《ひとつき》前のことだという。

その瞬間、弦蔵は、自分は気が触れたのではないかと思った。意味不明の叫びを上げながら、夜具をずたずたに引き裂いたからだ。

遊女屋を飛び出すと、夜中だというのに、弥生が無縁仏として葬られた清閑寺《せいかんじ》という寺に駆けつけた。卒塔婆《そとば》すらない土饅頭《どまんじゅう》に両手をついて、弦蔵は泣いた。吠《ほ》えた。一月前に来ていれば、妹の死に水がとれたのだ。半年前に来ていれば、死なせずにすんだかも知れない。夜明けまで、弦蔵は、そこから動かなかった。

それから、所持金のほとんどを弥生の供養料として寺の住職に渡すと、遊女屋に戻り、弥生を虐待したという主人や遣《や》り手婆《てばば》ァたち四人を叩き斬った。そして、飯沼《いいぬま》陣屋の役人の追っ手から逃れて、弦蔵は、右近がいるという江戸へ向かったのである。

流浪の浪人の身で金に困ったら、女を売り飛ばすしかない。弦蔵も、その立場だったら、同じことをしたかも知れない。

だが、弥生は最下級の遊女屋に叩きこまれた。そこで、散々に客を取らされたあげく、不治の病にとりつかれるや、陽もささない蔵の中に押しこまれ、枯れ木のようになって死んだ。

右近が殺したのだ。右近さえ、弥生を売り飛ばさなかったら、そんな悲惨な死に方をしなくてもよかったのだ。右近が殺したのも同然だ。

妹は幸せに暮らしていると信じていた。信じていたかった。それだけが、すさみきった弦蔵の人生の、たった一つの灯火《ともしび》だった。

どんなに凶暴凶悪な人間でも、その心の片隅には、安らぎを得られる空間が一つくらいはあるものだ。それを、人は思い出とか希望とか呼ぶ。

だが、今の弦蔵の心の中に、彼をあたたかく迎えてくれる空間は全く存在しない。

つまり、弦蔵は人間ではなくなったのである。

(秋草右近……斬る、必ず斬る！)

復讐の鬼となった桐山弦蔵は、日暮里へ通ずる道を突き進む。

7

「へっへっへ、あっしの言った通りでしょう、右近の野郎は間違いなく…」

「わかった、わかった。もう十遍も聞いたぞ、それは」

得意げに頭を振る喜助に、榊原隼人はうるさそうに言う。喜助の頬は腫れが少しひいたが、濃い紫色になっていて不気味だ。

秋の日はつるべ落とし——谷中の切り通しは、すでに薄暗くなりかけていた。

隼人たち六人の侍と喜助は、日暮里の蕎麦屋《そばや》の二階から、この切り通しへとやって来たのである。秋草右近が鳶人足に案内されて信濃屋に入るのは、蕎麦屋の二階から確かに見た。しばらく様子を窺ったが、やはり、日暮里で右近を襲うのは難しいと判断し、初めの計画どおりに、切り通しで待ち伏せすることにしたのだ。

道幅は、二間半から三間というところか。道の両側は赤土の高い崖《がけ》だから、前後から挟撃すれば、逃げ場はない。崖の上には松《まつ》や柏《かしわ》が繁茂《はんも》していて、日の光を遮《さえぎ》っているので、道は薄暗かった。

「ふむ……待ち伏せの場所としては、うってつけだな」

そう言ったのは、右腕を懐《ふところ》にした中年の浪人者である。ひどく眉が薄く、酷薄な顔つきをしていた。腰に落としているのは脇差のみで、先端に手貫《てぬき》の緒《お》を付けた木の杖《つえ》を、左手に持っている。

「井坂《いさか》殿、いよいよ貴殿の恨みが晴れる時ですな」

加藤久之が言うと、その浪人――井坂主水《もんど》は、懐の中の右腕に視線を落として、

「簡単には息の根を止めぬ。右近めを、一寸刻みの嬲《なぶ》り殺しにしてやらねば……」

十数年の放浪の旅から、秋草右近が江戸へ帰って来たのが、昨年の春。その右近を騙《だま》して財布の中身を頂戴《ちょうだい》しようとしたのが、当時、〈竜巻《たつまき》お蝶〉と呼ばれていた凄腕の女懐中師《ふところし》だ。

が、右近に正体を見抜かれたお蝶は、自分の得物である剃刀《かみそり》を奪われ、着物の胸元をすっぱりと切られてしまった。野次馬たちに乙女の胸乳《むなぢ》を見られたお蝶は、怒り心頭に発して、右近を始末するために十五両の礼金で三人の人斬り屋を雇った。その人斬り浪人の頭目だったのが、井坂主水である。

右近を襲った二人の浪人は、しかし、一合もせぬうちに彼の鉄刀で右の肩を砕かれた。

そして、お蝶を手籠《てごめ》にしようとした主水もまた、駆けつけた右近に大刀を鍔元《つばもと》から折られた。さらに、右肩の骨を小砂利のように粉砕され、命からがら逃げ出したのである。

右近に助けられたお蝶は、憎悪が愛情に早変わりして、右近に大事に守ってきた純潔を捧げた。そして、右近の押しかけ女房になったという次第である。

一方、情婦のお駒《こま》の手厚い看護で右肩の骨折から回復した井坂主水であったが、自分の右腕が役に立たなくなったことを知った。残ったのは、左腕だけだ。

躯が不自由になったからといって、前非《ぜんぴ》を悔いて真人間に立ち戻るような殊勝な心がけとは無縁の男である。それより、秋草右近に対する憎しみと恨みが五体の内側に充満して、破裂しそうであった。

茶屋女であるお駒の稼ぎに依存しながら、主水は左手だけで使える得物《えもの》を研究した。そして、山籠もりまでして、ついに新しい武器の奥義を会得《えとく》したのである。

無論、時折、街道をゆく旅人や百姓を密《ひそ》かに血祭りにあげて、実戦の勘が錆《さ》びつかぬようにした。

そして、仲介者から榊原隼人の依頼を聞かされて、江戸へ舞い戻ったのである。助太刀の報酬は五十両だという。

隼人、久之、木島伊八郎、日下部孫七の四人に主水を加えて、五人。それに、相森藩士三人が新たに加勢して、総勢八人。

その内の二人は、日暮里の信濃屋を見張っている。右近が出て来たら、すぐに知らせに来るという手筈《てはず》だ。

「とりあえず、その繁《しげ》みの向こうで知らせを待とう」

切り通しが終わったあたりの道の両側は、雑木林になっている。隼人の提案で、男たちは灌木《かんぼく》の向こうに思い思いに腰を下ろした。

緊張と不安を紛らわせるために、彼らは他愛もない猥談《わいだん》に耽《ふけ》る。主水のみは会話に加わらず、黙然《もくねん》として杖を撫でまわしていた。

林の中は暗くなってきたが、待ち伏せの最中だから提灯《ちょうちん》に火を入れるわけにはいかない。やがて、孫七がからかい気味の口調で、落ち着かない様子の喜助に、

「どうだ、喜助。お前も随分と女を泣かせてきた口ではないのか」

「そりゃもう」救われたように、喜助は身を乗り出した。

「自慢じゃありませんが、これと狙《ねら》って落とせなかった女はおりません。今のこの面《つら》をご覧になっては、信じちゃいただけないでしょうが……」

悔しそうに、腫れた頬に触れる。

「やはり、町娘が相手か」

「子《こ》守っ娘から大店《おおだな》の箱入り娘、両国広小路《りょうごくひろこうじ》の女芸人まで、撫で切りでさあ。変わったところでは、皆様の前で何ですが……お武家の娘をものにしたこともあります。いや、武家娘といっても、浪人の妹ですがね」

「ほほう」

「あれは四、五年前でしたか。博奕《ばくち》の貸し借りのいざこざから、あっしは半年ばかり江戸を売って、あちこちを流れ歩いておりましてね。で、中仙道《なかせんどう》は松井田《まついだ》宿の近くで足を挫《くじ》いて困ってる娘を見つけ、松井田宿まで背負ってやったんですよ。年の頃なら二十歳かそこいら、めっぽう別嬪《べっぴん》でした。あっしが親切に面倒を見てやると、その娘はすっかり気を許して、惚《ほ》れた男を追いかけてる旅だと言うんですね。兄貴には置き手紙を残して、黙って出てきたんだとも言ってました。相手の男も浪人で——名前は何と言ったかなあ——とにかく、男は江戸へ向かったはずだって言う。だから、明日、駕籠を雇って追いかけましょうと言いくるめて、どんどん娘に酒をすすめました。旅の疲れに酔いがまわって前後不覚になったところを、まんまといただいちまって……生娘《きむすめ》でしたよ、へへへ。一晩がかりのあの手この手で、臓腑《はらわた》が裏返しになるほど弄《もてあそ》んでやりました」

「悪党じゃのう」

「翌朝には、もう、すっかり骨抜きで、お人形みたいに素直になりましたよ。雪白《ゆきじろ》の肌でねえ。三、四日ばかり楽しんでから、飽きたところで、地獄人《じごくにん》に売り飛ばしました。買い叩かれて、たった三十両でしたが」

「地獄人とは何だ」と隼人。

「へい。女を売り買いする女衒《ぜげん》ですが、その中でも特に悪辣《あくらつ》な奴を、そう呼びますので」

「ふうむ」

「あの女も、蝦夷地《えぞち》か佐渡《さど》の金山《きんざん》か、生きては帰れぬところへ売り飛ばされたでしょう。今思うと、少しばかり勿体《もったい》なかったような、えへへへ」

「何という女だ、名は」

「そうですねえ……たしか、弥生とかいいましたか」

その瞬間、倒木の背後の繁みの中から、咆吼《ほうこう》とともに飛び出した影があった。

8

「貴様が――――っ!!」

大音声《だいおんじょう》であった。驚いて振り向いた喜助の脳天に、桐山弦蔵の大刀が雷光の如《ごと》く振り下ろされた。悲鳴を上げる暇すらなく、喜助は胸元まで断ち割られ、自分がどうなったのかもわからぬまま、血煙《ちけむり》を噴いて倒れる。

「き、貴様が……貴様であったのか……貴様が……」

斬った弦蔵の血走った双眸《そうぼう》から、ぽろぽろと熱い大粒の涙がこぼれ落ちる。

秋草右近を斬るべく日暮里へ向かった弦蔵であったが、この切り通しに来たところで、疲労がひどく、どうにも足が進まなくなってしまった。それで、この繁みの中に枯葉が溜まって寝床のようになっている場所を見つけて、そこに横たわったのである。

飯沼陣屋の役人たちの追跡から逃れるために、街道から外れて山の中に入り、何日も野宿したことが、無頼の暮らしを続けてきた軀には相当にこたえたのだろう。

寝息すら立てずに死んだように眠りこんでいたせいか、榊原隼人たちは弦蔵の気配に気づかなかった。そして、彼らの話し声によって弦蔵は目を覚ましたものの、ただならぬ様子に姿を現すのをためらった。その耳へ、喜助の話が毒汁のように流れこんで来たのである。

弦蔵は真相を知った。今までの疑問が氷解した。

秋草右近は女を騙して売り飛ばすような卑劣漢には見えなかったが、それもそのはず、弥生を生き地獄へ突き落としたのは、この喜助という男だったのだ。

あの時、弥生は、恋する女の一途な思いこみから右近が江戸へ向かったのだろうと考えて、一人で彼のあとを追った。そして、喜助に凌辱《りょうじょく》され地獄宿に売られてからは、自分は右近のために苦界に身を沈めたのだと同輩に話すことによって、そう自分にも言い聞かせることによって、わずかに心の慰めを得ていたのに違いない。

こんな真相なら、知らない方が良かった——と弦蔵は思った。

惚れた男に裏切られた方が、通りすがりのごろつきに瀆《けが》されるよりも、女として、はるかにましであったろうに……。悲惨すぎると思った妹の死の真相は、さらに救いのない陰惨なものであったのだ。

張本人の喜助を叩き斬っても、弦蔵の魂を焦がす憤怒《ふんど》の焔《ほのお》は、いささかも衰えることはなかった。五臓六腑が毒汁に浸されたように、熱く疼く。

「何者だ、貴様はっ」

突然の惨事に仰天しながら、喜助の血飛沫《ちしぶき》を浴びた日下部孫七は、もがくように抜《ばっ》刀《とう》した。弦蔵は、その敵対行為に反応して、無意識の内に動いた。倒木を飛び越えると、孫七の頸部《けいぶ》を横薙《よこな》ぎにする。

枝から蜜柑《みかん》をもぐよりも簡単に、孫七の頭部が飛んだ。血の尾を曳《ひ》いて、二間ほど先に落ちる。

地面に転がったその顔は、頭部を失って倒れる己れの軀を、ぼんやりと眺めていた。

「き、斬れっ！」

目を吊り上げて、隼人は叫んだ。叫びながら、自分も抜刀している。用意周到に待ち伏せをするはずが、突如出現した見も知らぬ浪人に仲間が斬り殺されるという予想もしなかった事態に遭遇し、気が動転していた。

井坂主水以外の全員が、大刀を引き抜いて構えた。いや、構えようとしたが、弦蔵の動きは、それよりも迅《はや》かった。

まだ切っ先が鞘《さや》の中に残っている加藤久之の右脇腹を、弦蔵は、すれ違いざまに斬り割る。その久之が倒れる前に、木島伊八郎を袈裟懸《けさが》けに叩き斬った。

さらに、加勢の相森藩士の前に進み出ると、そいつが正眼に構えた大刀を無造作に払い上げ、首の真ん中を貫く。

刀を引き抜くと、竜吐水《りゅうどすい》から水が飛ぶように喉から勢いよく鮮血を噴出させながら、その藩士は仰向けに倒れた。

たちまちのうちに五人を倒し、ひゅっと血振《ちぶり》して隼人の方に向き直った弦蔵は、呼吸も乱していない。かつて、善光寺で右近が自分と互角と見ただけのことはある。見事な腕前であった。

残りは、隼人と井坂主水だけである。

「何をしておる、井坂殿！　こやつを倒してくれっ」

血と臓腑の悪臭がただよう林の中から、道の方へ後退しながら、隼人は叫ぶ。

「別勘定だろうな」

「は……？」

「俺は、秋草右近殺しを五十両で引き受けたのだ。この浪人は、勘定に入っておらん」

主水は、面白そうな口調で言う。

「そんなことを言ってる場合かっ」

「ただ働きをする気はない。金が出ないのなら、俺は逃げるよ」

「待て、待てっ」隼人は慌てた。

「十両……いや、五十両払う、約束する！　全部で百両だ、頼む、助けてくれっ！」

ほとんど泣き声になっていた。生まれて初めて斬殺《ざんさつ》された人間を眼前にして、隼人は、恐怖のために心の臓が喉から飛び出しそうなのだ。

「よかろう――」

木の杖を手にしたまま、主水は、隼人の前に出た。

「ふふ。我が修行の成果を試すには、恰好《かっこう》の獲物よ」

切り通しの道に、二人は対峙《たいじ》した。林の中よりは、まだ明るさが残っている。人斬り浪人の翻《ひるがえ》った右袖を見て、弦蔵は眉をひそめた。

「お主、右腕が使えぬのか」

「おうよ。こちらでお相手しよう」

極端な半身になると、左手に握った木の杖を正眼に構える。

「抜け、脇差を」

弦蔵は言った。自分を突き動かした憤怒は、やや冷めかかっている。隻腕《せきわん》に等しい、しかも木刀代わりの杖しか持たぬ者を斬りたくないという兵法者の矜持《きょうじ》が、彼の中で働いていた。

「遠慮は、ご無用っ」

杖を振り上げた主水は、弦蔵に打ちかかった。弦蔵は、苦もなく斜めに払い落とす。その時、ぱんっと杖が縦に割れた。そして、杖の中から、釣り竿の先端のような細長いものが姿を現した。長さは三尺もあろうか。

弦蔵が（これは……っ⁉）と思った瞬間、主水はくるりと手首を回すと、その細長いものを真っ直ぐに突き出す。日本の刀法ではありえぬ業《わざ》であった。

体調が万全の時なら、何とか対処のしようもあったろう。しかし、爆発的な怒りから冷めかかっていた弦蔵は、気力が急激に低下して、それと入れ替わりに疲労が表面化していた。

「ううっ」

呆気《あっけ》なく左胸を貫かれた弦蔵の手から、大刀が落ちた。そのまま、横倒しに倒れる。

ひゅうっと鋭く得物を打ち振るった主水は、

「どうだ、俺の鉄鞭《てつべん》の味は」

得意げに、片頬に冷笑を浮かべる。

鉄鞭――中国からの渡来武器で、〈かなむち〉ともいう。乗馬鞭に似ているが、名前の通り鉄製で、西洋の剣士が遣う長細剣レイピアに近い。

主水の鉄鞭は、しなやかで半円形になるほど曲がる。先の方にいくほど細くなり、先端は錐《きり》のように鋭く尖らせてあるのだ。

秋草右近の鉄刀に敗北した主水は、二つの条件を満たす武器を捜した。一つは、左手だけで扱えること。もう一つは、右近の〈刀割り〉に対抗できることだ。この両者を満たすのが、鉄鞭だったのである。しかも、鉄鞭ならば普段は杖の中に隠して、桐山弦蔵がそうであったように、相手を油断させることもできるのだ。

「此奴《こやつ》、まだ息があるな」

急に強気になった隼人は、弦蔵に近づいた。彼の大刀を蹴り飛ばして、取れぬようにすると、自分の大刀を逆手に持って、

「孫七たちの仇敵《かたき》じゃ。止どめを刺してくれよう」

呻《うめ》いている弦蔵の胸を刺し貫こうとした時、

「なにをしておるっ」

富士の山が噴火したかと思えるような大音声が、切り通しに響き渡った。危うく臀《しり》餅《もち》をつきそうになった隼人は、十間ほど先から駆けて来る大柄な影法師を見た。

「あ……秋草、右近⁉」

9

駆けつけた右近は、その場にいる三人に素早く視線を走らせたが、倒れている浪人の顔を見て、はっとなった。

「弦蔵！　桐山弦蔵ではないかっ」

火を噴くような眼で、隼人と主水を睨《にら》みつける。

「二人とも見た顔だな……そっちの若いのは、梅雨明けに俺を襲った相森藩士の一人らしい。お前さんは、たしか、お蝶を手籠にしようとした人斬り屋だったか」

主水が手にしている鉄鞭を見て、

「傷痕《きずあと》からして、弦蔵を手にかけたのは、お前さんの方らしいな」

「井坂主水……貴様に打ち砕かれたこの右腕の代償に、その命を貰うぞ」

右近に負けぬほどの眼光で、主水は、半身の構えをとる。

「鉄鞭か……南蛮《なんばん》の剣法がそういう構えらしいな」

右近も、鉄刀を引き抜いて正眼に構えた。

日本の武士に左利きは存在しない。大小を左腰に差すことが武士の絶対条件であるため、必ず、幼少時に矯正《きょうせい》されるからだ。それゆえ、あらゆる剣法も兵法も、相手が右利きであることを前提に成立している。

さらにいえば、中国の刀法も西洋剣術も、軀を開いて正面の面積をなるべく少なくし、武器を手にした腕を伸ばして、なるべく敵の攻撃が届かないようにする。

それに対して、日本刀は両手で扱って先端の三分の一で斬るから、必然的に、自分が相手に斬られる間合《まあい》まで踏みこまないと、相手を斬ることができない。そこから、日本の武人独自の美意識が生まれたのである。

だから、極端な半身に軀を開いて、左腕を伸ばす井坂主水の刀法は、まことに異常なものであった。

じっと対峙していた右近は、右脇構えに移行した。それに誘われたように、主水が踏みこむ。

突き出された鉄鞭の先端を、右近は、鉄刀で脇へ払った――払ったが、両手で持つ日本刀ならあり得ぬ速さで、くるりと回された鉄鞭の先端が、右近の喉元を襲う。

「むっ」

右近は危うく、それをかわした。が、斜め横に打ち振られた鉄鞭に、左の上腕部を一撃される。骨にしみいる打撃であった。

主水は深追いせず、さっと間合をとる。大刀に比べて軽く細く弾力がある鉄鞭は、手首の動きだけで突くも打つも変幻自在だから、攻撃が異常に速い。だから、大刀で捌《さば》こうとしても、どうしても遅れることになる。

「ふ、ふふ。どうだ、右近。得意の刀割りを試してみては」

余裕たっぷりに、鉄鞭の先端を道端の岩に押しつけて太鼓橋のように曲げてみせた。

「これだけしなやかだと、いかな名人の一撃を受けても、割れることはないがな」

「………」

「突いてよし、打ってよし。しかも、折れず、欠けず、軽く素早く、全く鉄鞭とは完全無欠の得物よ」

「………」

「一息には殺さぬぞ、秋草右近。血まみれになり地獄の舞を踊って死ぬがいい」

さっと主水は、鉄鞭を構えた。右近は、無言で左手で脇差を抜く。左右の手で二刀を〈逆ハの字〉の形に構えた。

「苦しまぎれの二刀流か、それからどうする」

なおも余裕の態度を崩さず、主水は嘲《あざけ》る。

「貴様……その鉄鞭の業《わざ》を会得するのに、幾つの命を奪った」

「さて、五人……いや、七人だったかな。どうでもいい百姓や町人だったから、よく覚えておらぬわ」

「……斬っておくべきであった」

無念をこめて、そう呟いた右近が、いきなり、右の鉄刀を手裏剣に打った。並の剣士ではない。達人にして剛力無双の秋草右近の打った鉄刀だから、空を引き裂いて凄い勢いで主水の首に飛ぶ。

主水は驚愕《きょうがく》した。手首の力だけで、重い鉄刀を叩き落とすことは不可能だ。慌てて、左腕をいっぱいに振り、何とか叩き落とすことができた。

が、その時には、右近の巨体が眼前に迫っていた。鉄鞭を構え直す時間は、ない。

「むんっ」

銀光が斜めに走った。

右近の脇差に、首を半ばまで斬り割られた主水は、信じられぬという表情のまま仰向けに倒れる。ごぼごぼと流れ出した血が、周囲に血溜まりを作った。

軽く弾力があり片手でも扱いやすい鉄鞭の弱点は、軽さそのものであった。

重いものが飛来した時には、打ち負けて体勢が崩れるということだ。

もしも、井坂主水が真摯《しんし》に鉄鞭の道を追及する兵法者であったなら、その弱点にも気づいて、何らかの対策を編み出したであろうが……。

「………」

右近は、凍りついたようになっている榊原隼人の方を見た。

無造作に近寄ると、ものも言わずに、その脳天に脇差の峰を叩きこむ。隼人は昏倒《こんとう》した。

自分を見張っていた二人の相森藩士に気づいて、逆に二人を捕らえ、待ち伏せの件を聞き出したことなど、説明するのも面倒であった。斬っても良かったのだが、一日に二つの人命を奪うのは、気がすすまない。

林の中の惨状をちらっと見てから、右近は、弦蔵の脇に片膝をついた。そっと抱き起こして、

「久しいな、弦蔵。しっかりしろ」

「右近か……」

傷口が小さいから、弦蔵の胸の出血は意外と少ない。しかし、内部の心の臓そのものを損傷しているのだ。

「妹が…弥生の墓が……銚子の清閑寺にある……いつか…線香の一本も上げてやってくれ」

弦蔵の顔色は、生きている人間のものではなくなっていた。

「わかった、清閑寺だな。必ず、墓参りにゆくぞっ」

右近は、胸が張り裂けそうであった。

「最期に…お主に会えて……良かった」

ひび割れた唇で、弦蔵は微笑《ほほえ》む。

「すまん……」

静かに、桐山弦蔵の瞼《まぶた》が閉じられる。そして、二度と開くことはなかった。微笑を浮かべたままであった。

「弦蔵……弦蔵よ……なぜ、そのように急《せ》く……まだ、再会したばかりではないか……」

友の亡骸《なきがら》を抱いたまま動こうとしない秋草右近を、音もなく秋の宵闇《よいやみ》が包んでゆく——。

第四話　九《くっ》一《ぴん》

おい、金太《きんた》。

何を眺めてる。おめえの額《ひたい》より狭いうちの庭に、雀《すずめ》の子でも来たか。季節はずれの赤蜻蛉《あかとんぼ》のつがいでも迷いこんだか。

猫は気楽だなあ。一日中、のんべんだらりとして毛繕《けづくろ》いでもしてりゃあ、ちゃんとお飯《まんま》がいただけるんだからな。

俺も次に生まれ変わる時ゃあ、三毛猫になることにしよう。

どうした、その不審そうな面《つら》は。え？　この左平次《さへいじ》親分も、日がな一日のんべんだらりとしてるだろうって？

仕方があるめえ、この足だ。伊達《だて》や酔狂《すいきょう》で左の足に晒《さら》しを巻いてるんじゃねえぜ。足をくじいちまったんだよ。

江戸でも名高い骨接《ほねつ》ぎ名人の千住《せんじゅ》の名倉《なぐら》、その名倉先生秘伝の黒膏《くろこう》を塗って、三河《みかわ》木綿をきっちりと巻いてある。それでも、あと五日は歩いちゃならねえそうだ。

ん？　なんで足をくじいたってのか。そんな大捕物だったのかって？

そうだなあ……お滝《たき》の奴は近所のかみさん連中と、くだらねえ噂話《うわさばなし》に夢中になってるようだ。差し当たってすることもねえ。

よし。聞かせてやろう、足をくじいた経緯《いきさつ》を。

まずは、俺と右近の旦那が下総《しもうさ》の銚子《ちょうし》くんだりまで出かけたのが、ことの始まりさ――。

1

江戸を出て千住から水戸《みと》街道を我孫子《あびこ》まで、そこから利根川《とねがわ》沿いに布佐《ふさ》、木下《きおろし》、佐原《さわら》、笹川《ささがわ》と歩いて歩いて、俺たち二人が銚子の松岸に着いたのが、三日目の午後だった。

行徳《ぎょうとく》から茶船に乗って木下まで行けるのだが、「急ぐ旅でもないから歩いて行こう」と旦那――秋草右近様がおっしゃったのだ。

「いや、なるほど。さすがに銚子湊《みなと》ですね。遊女屋が並んでいるというのに、鰯《いわし》と醬油《しょうゆ》のにおいばっかりだ」

「親分は、白粉《おしろい》のにおいがかぎたくてしょうがないようだな」

着流しに深編笠という格好の旦那が、からかうように言う。

「いえ、そんな……ですが、佐原と銚子の色里は、江戸でも有名ですからねえ。ほら、あの開進楼《かいしんろう》って見世《みせ》をごらんなさい。あすこは、部屋数が百以上あるそうですよ」

「うむ、大層なものだな」

銚子——銚子湊から飯沼《いいぬま》村、高神《たかがみ》村などの下総国海上郡《しもうさのくにうなかみごおり》十七ヶ村の通称である。湊のある利根川河口が銚子の口に似ていることから、そう呼ばれるようになったのだそうだ。高崎藩五万石の飛び地で、飯沼に陣屋がある。

「飯沼、新生《あらおい》、荒野《こうや》、今宮《いまみや》の四村だけで、人口が一万三千もあるそうですよ」

「東海道の城下町の沼津《ぬまづ》でも五千そこそこ、一万三千といえば、府中《ふちゅう》に匹敵するのではないかな」

「東照権現様《とうしょうごんげんさま》の隠居地と同じ……こっちは干鰯《ほしか》大明神ですが、大したものですね。城下町でも宿場でもない漁村なのに」

銚子が栄えた理由は、三つある。

一つは、松前《まつまえ》や石巻《いしのまき》から海産物などを運ぶ東廻り航路の湊になっていること。もう一つは、六十余州最大の鰯漁の本拠地であることだ。

鰯は、そのまま干して干鰯に、油を搾《しぼ》り取って〆粕《しめかす》にして、米や綿畑の肥料にする。〈金肥《きんぴ》〉と呼ばれるほど、よく効くのだそうだ。

三つ目は、醬油である。

昔の江戸者は、京大坂から樽廻船《たるかいせん》で運ばれる〈下り物《くだりもの》〉の醬油を使っていた。それが、銚子の豆と赤穂《あこう》の塩を使った江戸者向きの濃口《こいくち》醤油が造られるようになり、今では関西の醤油は、ほとんど使われなくなった。

海産物も金肥も醤油も、高瀬舟で利根川を遡《さかのぼ》り、関宿《せきやど》で江戸川に入り、江戸市中に向かう。

さらに今では、鮮魚ですら銚子から水路と陸路を通って江戸へ運ばれる。

そういうわけで、銚子は江戸者の胃袋をみたす大事な湊であり、川というより海のように広い坂東太郎《ばんどうたろう》の川岸沿いに、米問屋や肥料問屋が無数に軒《のき》を連ねているのだった。

もっとも、いくら栄えているからといって、俺と旦那は物見遊山《ものみゆさん》に銚子くんだりまで出向いたわけではない。旦那は銚子に大事な用事があり、俺は、そのお供をしているのだ。

「清閑寺？　ああ、それなら、あの持宝院《じほういん》の塀の手前を右へ曲がったところだよ」

通りすがりの手拭《てぬぐ》い売りの老爺《ろうや》に訊《き》くと、親切に教えてくれた。礼を言って、俺たちは清閑寺に向かう。

その寺に、桐山弥生という人の墓がある。右近の旦那は、その墓参りに来たのだった。

2

それは——俺たちが旅に出る十日ばかり前のことである。

日暮里の料理茶屋で、右近の旦那が仲裁をした鳶《とび》人足と土地の顔役との喧嘩《けんか》の手打ち式があった。そこで皆に勧められて機嫌良く杯を重ねた旦那が、ほろ酔い加減で外へ出ると、物陰から自分を見張っている二人の武士がいる。

道ばたに落ちてる財布を拾うよりも簡単に、旦那が二人を取っ捕まえてみると、そいつらは今年の春に箱根で旦那に成敗されて逆恨みしている相森《おおもり》藩の藩士だった。

旦那の拳骨《げんこつ》でちょいとばかり可愛《かわい》がられた二人は、喜助というごろつきの手引きで刺客の一団が谷中の切り通しで待ち伏せをしている——と白状した。

違《ちが》う道から帰って刺客たちをやり過ごすのは容易《たやす》いが、そうすると、また別の機会に待ち伏せされるだろう。そう考えた旦那は、相森藩の連中と決着をつけるために、わざと谷中への道を選んだ。

ところが、いざ切り通しに着いてみると、なぜか、喜助と六人の刺客のうち四人までは血の海に倒れ、残っていたのは頭格《かしら》の榊原隼人と人斬り屋の井坂主水《もんど》だけであった。旦那は、鉄鞭《てつべん》を遣う強敵・主水を斬《き》り倒し、隼人の脳天を峰打ちにした。

そして、そこに倒れていたもう一人の浪人――桐山弦蔵を助け起こした。その桐山ってお人とは、旦那が四年前に旅の空で知り合ったのだという。

主水の鉄鞭で左胸を刺し貫かれていた桐山さんは、いまわの際に、妹の弥生の墓が銚子の清閑寺にあるから線香を上げてやってくれ――と言い残したそうだ。

この事件は、相森藩の重役が四方に手を回して揉《も》み消し、二度と秋草右近に手を出すなと家臣一同に厳命したらしい。無論、右近の旦那には一切、お咎《とが》めなしだ。

脳天を一撃された榊原隼人が寝たきりで意識を取り戻さないというから、本当の経過は誰にもわからないが、その斬り口からして四人の藩士を斬ったのは、桐山さんらしい。

旦那と暮らしている元美人掏摸《すり》のお蝶姐御《あねご》の話では、桐山さんは嬬恋神社の向かい側にある旦那の家に、訪ねてきたのだそうだ。そして、姐御に日暮里へ出かけたと言われると、すぐに立ち去ったという。

桐山さんは、旦那に会うために日暮里に向かう途中、谷中の切り通しで偶然に刺客団と出会い、何かの切っ掛けで斬り合いになったのだろう。そして、主水に倒されて止どめを刺される直前に、右近の旦那が駆けつけたというわけだ。

まさに、劇的な巡り合わせである。

武州浪人というだけで、元の主家も何もわからない桐山さんは、秋草家の菩提寺《ぼだいじ》である林海寺に葬られた。その初七日が済んでから、旦那は、桐山さんとの約束を果たすために、こうして俺を連れて銚子にやって来たというわけだ……。

清閑寺の門内にある花屋で、潮風に炙《あぶ》られたように真っ黒な顔をした婆さんから線香を買い手桶《ておけ》を借りた旦那と俺は、さして広くない墓地へ入って弥生さんの墓を探した。だが、桐山家の墓も桐山弥生の墓も見つからない。

「ありませんね、旦那」

「弦蔵は武州浪人のはずだから、桐山家代々の墓ではなく、弥生殿一人の墓だろう。戒名がわからないと難しいようだな」

「ああ、あの小僧さんに訊《き》いてみましょう」

折良く通りかかった小坊主を、俺は呼び止めた。が、その小坊主も弥生さんの墓を知らず、「和尚《おしょう》様に訊いてきます」と駆けだして行った。

「まさか、寺を間違えたってことはないでしょうねえ。似たような名前の寺が別に……」

「――親分っ」

右近の旦那が厳しい声で、遮《さえぎ》った。はっと見回すと、墓場の周囲に十数人の人影が見え隠れしているではないか。

「だ、旦那……？」

「どうやら、俺たちが目当てのようだ」

俺が懐《ふところ》の中に隠した鉄十手をつかむのと、陣笠《じんがさ》に野袴《のばかま》という格好の役人らしき侍がやって来るのが、ほぼ同時だった。

「わしは、飯沼陣屋元締の藤井《ふじい》三郎《さぶろう》兵衛《べえ》であるっ」

その侍は、喚《わめ》いた。

「大成楼《たいせいろう》の主人殺しの下手人どもめ、よくも図々しく銚子に舞い戻って来おったな、おとなしく縛につけ！」

「おいおい、人違いだ。俺たちは江戸の者で、ついさっき、銚子に着いたばかりだぜ」

旦那が苦笑しながらそう言ったが、

「かかれっ」

藤井という役人が、さっと合図をすると、六尺棒を手にした捕方《とりかた》たちが、俺と旦那を取り囲んだ。

「お待ちください。実は、わたくしは江戸の十手持ちで左平次と申します。こちらのご浪人は、秋草右近様。これが往来手形と御用聞きの手札でございます。ご覧くださいまし」

十手や手札を取り出して見せても、頭に血が昇っているらしい役人には通用しない。

「申し開きはあとで聞いてやる。あくまで手向かいするというなら、打ち捕らえるまでじゃ！」

　えいっ、と捕方の一人が六尺棒で突きかかって来た。俺は危うく、その一撃をかわしたが、だらしのないことに手桶に蹴《け》っつまずいて転んでしまう。

　そこへ、別の捕方が殴りかかって来た。俺は咄嗟《とっさ》に、十手で防ごうとしたが――六尺棒は十手にぶち当たらなかった。

　右近の旦那が、がっしりと両手で六尺棒の先端をつかんでくれたからだ。

「むむっ」

　その捕方は、六尺棒を旦那に奪われまいと、必死の力で引き寄せようとする。

　と、次の瞬間、誰もが我が目を疑う事態が起こった。

　捕方の両足が、一尺ばかり宙に浮いたのである。六尺棒をつかんだ右近の旦那が、まるで釣り竿で鮒《ふな》でも釣るように、棒の反対側を握っている捕方の軀《からだ》を軽々と持ち上げてしまったのだ。物凄《ものすご》い腕力である。

「わ、わわわっ」

　仰天した捕方が六尺棒から手を離すかどうか迷っているうちに、旦那は、棒をほとんど垂直に立てた。鳶人足の出初め式か出来の悪い鯉幟《こいのぼり》みたいに、その捕方は地上十尺ほどの高さに飾られてしまう。

　陣屋役人も他の捕方たちも、右近の旦那のあまりの怪力に度肝《どぎも》を抜かれて立ちつくした。

「どうだ、少しは人の話に耳を貸す気になったか。大体、ここは寺社地だというのに、住職の許しも得ずに捕物をしてよいのか」

旦那が、叱《しか》りつけるように言うと、

「お、おのれぇ……」

役人は、わなわなと唇を震わせる。その時、

「藤井様、藤井様っ」

四十がらみの恰幅《かっぷく》の良い坊さんが黒衣の裾《すそ》を蹴って、さっきの小坊主と一緒に、こちらへ駆けつけるのが見えた。

「これは、何の騒ぎでございますかっ」

「おう、了善《りょうぜん》殿か。花屋のお種《たね》の報せで召し捕りに参ったのだ。こいつらは、例の大成楼の下手人だっ」

どうやら、花屋の耄碌《もうろく》婆ァが、この騒ぎの原因らしい。それを聞いた了善という坊さんは、首を横に振って、

「いえいえ、違います」

「何が違う?」

「あの時のお侍は、こんな体格の良い方ではございませんでした。年齢は同じくらい

ですが、もっと痩《や》せた方で」

「ほ、本当か……」

藤井役人、本当に人違いらしいとわかって、赤くなったり青くなったり、大変だ。

「だから最初から、そう申したではないか」

時期はずれの鯉幟になっていた捕方を静かに地面に下ろしてやると、旦那は溜息をついた。それを見た他の捕方たちも、殺気だった雰囲気が緩んで、構えていた棒を下ろす。

「もう一度言うぞ。わしは秋草右近、こっちは十手者の左平次。大成楼とやらの事件とは、何のかかわりもない」

「では、何故《なにゆえ》に、江戸の岡っ引が銚子領まで参ったのだ」

往生際の悪いことに、なおも疑わしそうに役人は尋ねる。

「それは…」

俺が要領よく説明しようとした時、

「お、お役人様ァっ！」

けたたましい声を上げて、こちらへ走って来る初老の男がいた。どこかの奉公人らしい。

「大変でございます、立て籠《こ》もりでございますっ」

「何っ、立て籠もりだと⁉　本当か、梅松《うめまつ》！」

緩んでいたその場の空気が、一変した。

「はいっ、田原屋《たわらや》の納屋に二人組の男が立て籠もって……小さな子供を人質にしております」

「子供が人質なのかっ」

右近の旦那の顔が、お不動様よりも険しくなった。

3

「ち、近づくんじゃねえ！　近づきやがると、この餓鬼をぶっ殺すぞっ！」

納屋の入口の半分だけ閉じた戸の陰から、立て籠もり野郎の一人が喚く。もう一人は、泣いている子供を怒鳴りとばしていた。

「まずいですね、旦那」と俺は言った。

「野郎ども、相当、頭に血が昇ってますぜ」

「うむ。度胸が据わってる奴なら、無闇《むやみ》に子供に手を出すまいが……見境《みさかい》がなくなっている奴は危ないな」

田原屋というのは河岸《かし》の荷揚げ人足相手の居酒屋で、問題の納屋は店の裏手の空き地にある。困ったことに、納屋は母屋《おもや》から三間ほど離れた場所にあり、背後の雑木林までも四、五間ばかり距離があった。

つまり、納屋の周囲はがら空きで遮蔽物《しゃへいぶつ》はなく、ひそかに近づく方法はないのである。しかも、ご丁寧《ていねい》なことに、納屋の周囲には枯葉も散らばっていた。枯葉を踏む足音を消すことは難しい。俺も旦那も、そして陣屋役人や野次馬たちも、母屋の脇から納屋を見ているしかないのだ。

野次馬の話では、二人の男は土地の者ではなく、堅気とも渡世人ともつかない若いごろつき風だそうだ。その二人が、荷揚げ場の近くで遊んでいた長太郎《ちょうたろう》という六歳の男の子を、いきなり引っさらって逃げようとしたのである。

その場にいた者が大声を出すと、そこは気の荒い人足や漁師がたむろしている村だけあって、四方八方から、どっと男どもが駆けつけて来たのだ。で、逃げ場を失った二人組のごろつきは、闇雲に田原屋の納屋へ逃げこんだという訳だ。

「お前が、あの子の母親かっ」

藤井役人が、駆けつけた百姓女を詰問する。まだ二十一、二の垢抜《あかぬ》けないが、ちょいとした別嬪《べっぴん》だった。

「は、はい……照《てる》と申します。飯沼の百姓、常吉《つねきち》の女房でございます」

「どうして、子供から目を離したのだ。大体、お前がしっかりしておらんから、こんな事件が起きたのだぞっ」

「すみませんっ、申し訳ございませんっ」

胸の潰《つぶ》れるような思いをしているであろう母親のお照は、涙目で米搗《こめつ》き飛蝗《ばった》のように何度も頭を下げる。無能な役人ほど、悪い奴よりも被害にあった者の方を叱りつけるものだ。

「で、藤井殿。どういう手を打たれるのかな」

右近の旦那が、お照を庇《かば》うように両者の間に割りこむ。

「お主《ぬし》の知ったことではないわ」

さっきの清閑寺での失敗があるから、藤井役人、むっとした表情で、

「あと一刻《いっとき》もすれば日が暮れる。暗くなれば、奴らに気取《けど》られずに納屋に近づくことも出来よう」

「春先ならその手も使えるだろうが、残念ながら冬も間近な今は無理だ。あそこらに落ちてる枯葉が見えませんかね。真っ暗闇に、あれを踏まずに納屋に辿り着くのは、忍術使いでも難しいですよ」

「だったら、どうしろと言うのだ。お主に何か策があるのかっ」

吠《ほ》えるように、役人は言う。

「一番大事なのは、子供の命。あの調子で泣いていると、ごろつきどもが持て余して、

早まったことをする怖れがある。だから、まずは人質の身代わりを立てるべきだろう」

「それなら、わたくしがっ」

お照が勢いこんで言うのを、

「いや。お前さんが人質では、別の心配がある。腹を減らした狼《おおかみ》に兎《うさぎ》を差し出すようなものだ」

旦那にそう言われて、お照は頰《ほお》を赤く染めて俯《うつむ》いた。

「かといって、俺では無腰になっても、あいつらが承知しないだろうし、左平次親分でも気にいらんだろうし、何というか、もう少し人畜無害な顔の……」

「——おらが参りますだ」

いきなり、野次馬の背後から声がした。

4

「ごめんくだせえよ」

野次馬たちを搔《か》き分けて、のっそりと前に進み出たのは、何とも奇妙な軀つきの背の低い男だった。

年の頃なら二十代半ばというところか。丸顔の俺が言うのもおかしいが、鏡餅《かがみもち》を上から見たようなまん丸の顔で、小豆《あずき》を埋めこんだような小っちゃな目、上を向いた鼻、唇の厚い大きな口という、子供向けの玩具《おもちゃ》のように愛嬌《あいきょう》ある顔つきだ。

まさに右近の旦那のいう、人畜無害の容貌《ようぼう》である。

背丈よりも身幅の方があるのではないかと思えるほど両肩が異様に広く、胴体にも厚みがある。まるで石臼《いしうす》に手足が生えたようだ。半纏《はんてん》を引っかけ、黒い川並《かわなみ》に雪駄《せった》という姿である。

「お前は――」

「へい。そこの持宝院様の普請場《ふしんば》で働いている九一《きゅういち》と申しますだ」

藤井役人は、胡散《うさん》くさそうに九一という男を見つめて、

「持宝院の本堂の修繕に流れ大工が入っていると聞いていたが、お前か」

「へい。みんなから、くっぴんと呼ばれております」

「くっぴん……？」

ますます疑わしげな表情になる役人に構わずに、右近の旦那が、

「くっぴんの兄《あに》ィ。お前さん、あいつらの人質になるってことがどんなに危険か、わかっているかね？」

一尺近くも背の高さが違うので、自然と相手の顔を覗《のぞ》きこむようになる。

「勿論《もちろん》ですだよ。でも、おらは軀だけは丈夫にできてるから、少しくらい殴られても

蹴られても平気です。それに、おとなしく人質になっていれば、お武家様が何とかしてくれると思ってますがね」

「ふうむ……いい度胸だ。では、お前さんに頼もうか」

旦那は、にっこりと笑った。そして、田原屋の親爺《おやじ》に急いで握り飯を作るようにと言いつける。

藤井役人は、苦虫を嚙《か》みつぶしたような顔で、そっぽを向いていた。右近の旦那が指図しているのは気にくわないが、それに代わる策が自分の方にないから、黙認しているのだろう。

すぐに支度が出来て、九一は竹の皮に包んだ握り飯と茶を入れた竹筒を手にすると、「では――」と旦那に頭を下げて、納屋の方に歩き出した。

「誰だっ、近づくと餓鬼の命はねえぞっ」

納屋の中のごろつきが叫ぶ。

「飯ですだよ。お前さんたちも腹がすいただろう、飯と茶を持ってきましただ。どうかね、おらが身代わりになるから、その坊を放しちゃくれねえだろうか」

中で相談があったらしく、少ししてから、

「いいだろう。まず、お前がここへ来い」

「へい、へい」

九一はこともなげに、納屋に足を踏み入れた。その手から握り飯と竹筒が取り上げられ、瘦《や》せたごろつきが、さっと荒縄をかける。

不精髭《ぶしょうひげ》を生やしたごろつきは、長太郎の喉頸《のどくび》に匕首《あいくち》を突きつけたままだ。自分の躯が頑丈に縛り上げられるのを、九一は黙って見ていた。

ごろつきどもは、動けなくなった九一に握り飯を齧《かじ》らせ、竹筒の茶を飲ませる。しばらく様子を見て、毒入りでないことを確かめてから、瘦せも不精髭も、がつがつと握り飯を喰《くら》った。意外に用心深い野郎どもだ。しかも、子供には分けてやらない。

俺たちは、苛々《いらいら》しながら成り行きを見守る。

「さあ、坊を放してやってくだせえ」

食い終わった二人に、九一がそう言うと、

「残念だが、それは出来ねえ」

不精髭が嘲笑《あざわら》った。

「人質は多いほど好都合だ。お前も餓鬼も、解き放すわけにはいかねえよ」

「それでは、約束が違うだよ」

「うるせえっ」

瘦せが、九一の頭を引っぱたいた——が、

「痛てて……何て石頭なんだ、この野郎は」

顔をしかめる。九一の方は、平気の平左だ。

「そろそろ、俺の出番だな」

右近の旦那は、田原屋の親爺に用意させていた二本の徳利の一本を、きゅーっと一息に飲み干した。さらに、もう一本も半分ほど飲むと、残りを胸元や襟に引っかける。

「どうだ、親分」

「へい。立派な酔っぱらいで」

「よしよし」

頷《うなず》いた旦那は、いきなり、

「みんな、どけぇっ！」

大声で怒鳴りながら、腰の物を引っこ抜いた。周囲の者は、わっと蜘蛛《くも》の子を散らすように逃げ出す。藤井役人もだ。

旦那のは真刀ではなく、刃を落とした鉄刀《てつがたな》なのだが、そんなことは俺以外の者にはわからない。

それから旦那は、わざと腰をふらつかせながら、納屋の方へ歩き出した。

「どいつもこいつも、七面倒《しちめんどう》なことばかり言いおって……斬ればいいではないか、あんな無法者はっ」

「こら、近づくなと言うのがわからねえのか、ド三一《サンピン》！　餓鬼とこいつが、どうなってもいいのかっ」

　痩せ男が喚いた。

「おう、勝手にせいっ」

「な、なんだと……」

「俺は、人質とは何の関わりもない天下の素浪人だ。ただ、貴様らが気にくわぬから、ぶった斬るまで。人質なんぞ、殺したくば勝手に殺せ。何なら、四人まとめて俺が冥《めい》土《ど》に送ってやろうかっ」

　酒くさい息を吐きながら、旦那は無茶苦茶なことを言う。

「やめてください、お侍様っ」

　必死の形相で、お照が旦那の右腕にすがりついた。こんな筋書きとは聞かされていなかったのだから、無理もない。

「うるさいっ」

　旦那は情け容赦なく、右腕を一振りした。鞠《まり》のように吹っ飛んだお照の軀を、俺は何とか受け止める。

　不謹慎だが、背後から抱きしめると、甘い匂いがして亭主が羨《うらや》ましくなるような肉づきだった。

　お照に対する手荒い扱いを見て、ごろつきどもは、旦那が本気だと信じたらしい。

「この気触れ浪人め！」

あわてて、二人は匕首を構える。背後の長太郎と九一に気を配るような余裕はない。

その時、

「――むんっ」

九一が気合いをかけると、荒縄がぷっつりと切れて飛んだ。そして、振り向いた痩せの顔面に、大きな拳骨《げんこつ》が叩きこまれる。

「がはっ」

痩せの軀は、入口の戸を割り砕いて、地面に転がった。

さらに、唖然《あぜん》とした不精髭の横っ面に、九一のびんたが飛ぶ。

「げへっ」

そいつの軀は、納屋の横の羽目板を突き破って、外へ転がり出た。とんでもない金剛力である。

一瞬、間をおいて、長太郎が火がついたように泣き出した。

「おうおう、たんと泣いていいだよ。もう心配はいらねえから」

九一は子供を抱きかかえると、何事もなかったかのように納屋の外へ出て来た。野次馬たちが歓声を上げる。

藤井役人は、ほっとしたような面白くないような複雑な顔つきであった。

「長太郎——っ」

矢玉のような勢いで飛び出したお照が、九一から子供を渡されて、わっと泣き出す。

「ありがとうございます、ありがとうございますっ」

跪《ひざまず》かんばかりのお照に、九一は照れたように小鬢《こびん》を掻きながら、

「お礼なんて、とんでもねえ。おらは、こちらの旦那の言われた通りにしただけですだよ」

「いやいや、大したもんだ。みんな、九一兄ィの手柄だよ」

泥酔浪人の芝居を止《や》めた旦那は、感心したように首を振った。俺が差し出した土瓶《どびん》の水を、うまそうに飲み干してから、瘦せの頭を軽く蹴る。

鼻血で口のまわりを汚しながら、そいつは、ぼんやりとした表情で旦那を見上げた。

「おい、答えろ。なんで、この子をさらおうとしたんだ」

「へい……五両の前金を貰《もら》って……さらって来たら、あと十両くれるって……」

「誰に、そう言われた？」

「知らない男で。どっかの番頭みたいな……」

まだ拳骨の衝撃から覚めていないらしく、瘦せ男は、のろのろと喋《しゃべ》った。

「こらこら、取り調べはこちらの役目だっ」

割って入った藤井役人が、捕方たちに二人を縛らせて、

「他所者《よそもの》が勝手なことをするな。用事が済んだら、早々に銚子を立ち去るがよい。いいなっ」

出し遅れの威厳を見せて、二人のごろつきを連行してゆく。

「さて――」旦那は微笑して、

「兄ィも仕事は、もう仕舞いだろう。目の前が居酒屋なのが幸いだ。本格的に飲むか」

5

田原屋は意外と広い店で、卓を並べた土間の奥には切り落としの小座敷もある。俺たち三人はそこに上がって、酒肴《しゅこう》を注文した。

「何だ、親爺。随分と盛況じゃねえか。客は俺たちだけか」

「はあ。あんなことがあった後ですから、関わり合いを怖《おそ》れてるんでございましょう。なぁに、明日になれば、客も戻ると思いますが」

「なるほど。客も鰯も、その日その日の潮加減というわけか。じゃあ、今夜は我々の貸し切りだな」

右近の旦那は笑って、

「子供が無事に助かった祝いだ。酒も肴《さかな》も、どんどん持って来てくれ」

「そりゃもう、目出度《めでた》いことで。へい、すぐに」

親爺は上機嫌で、台所へ入って行った。もしも納屋で人質の子供が殺されていたら、しばらくの間は商売にならなかったろうから、親爺が喜ぶのも無理はない。

すぐに燗酒《かんざけ》と塩辛が出されて、俺は旦那と九一兄ィに酌《しゃく》をすると、

「では——お目出度うございます」

「うむ。目出度いな」

みんなで、きゅっと杯を干す。

「くっぴんの兄ィ、いける口だな。今の飲み方でわかる。さあ、もう一杯」

「こりゃどうも」

兄ィが旦那の酌を受けている間に、壁の品書きを眺めていた俺は、鴨居《かもい》に面が掛かっているのに気づいた。木彫りの古い面が三つ、神楽《かぐら》面のようだが、どれもこれも面《おも》長《なが》で恐ろしい面構えである。

「おい、親爺。あれは魔よけか、それともお前の女房の死に顔か」

「これは、親分もお口が悪い」

台所で、親爺は苦笑した。すると、右近の旦那が、

「あれは鬼舞《おにまい》の面だろう、親爺」

「へい。お武家様、よくご存じで。鬼来迎《きらいごう》の面でございます」

旦那の説明によると——鬼来迎というのは房州だけにある仏事である。

毎年、地獄の釜《かま》が開く頃に、寺の境内で地元の者が閻魔《えんま》大王や赤鬼黒鬼の面をかぶり、因果応報の恐ろしさ、地獄の仕置きの酷《むご》さ、そして、そこから救ってくださる菩《ぼ》薩《さつ》様の有り難さを演ずるのだそうだ。

特に、虫生《むしょう》村の広済寺《こうさいじ》、下小堀《しもこぼり》村の浄福寺《じょうふくじ》、冬父《とぶ》村の迎接寺《げいせつじ》の鬼来迎が有名だという。

この田原屋の鴨居に掛けてあったのは、明覚寺《みょうかくじ》という寺が火事になった時、焼け残ったもので、閻魔大王、奪衣婆《だつえば》、黒鬼だそうだ。明覚寺には、新しい鬼来迎面が奉納されているという。

「親分は、仏事のことは色里ほど詳しくはないようだな」

「こりゃどうも……一つ賢くなりました」

そんなことを話しているうちに、刺身の盛り合わせに鰯の塩焼き、飯沼名物だという海藻蒟蒻《こんにゃく》の唐辛子煮、それに白魚の卵とじ、金平牛蒡《きんぴらごぼう》などの肴が飯台《はんだい》に並んだ。

場所柄、魚は新鮮だし、味付けも悪くない。

「ところで兄ィ。九一というのは、ちょっと変わった名前だな。普通は、一ではなく市という字を使うと思うが」

旺盛《おうせい》な食欲を見せている九一に、俺がそう訊くと、

「おらの親父《おやじ》は常々、こう申しておりました。四苦八苦というくらいで、世の中というのは苦労の多いものだが、たとえ九つの苦しいことがあっても、一つでも嬉《うれ》しいことと楽しいことがあれば、生きる気力が湧《わ》いてくる——と。それで、九一と名付けたらしいですだ」

「ほほう。お前の親父殿は大した人物だな」

「いいえ、ただの宮大工で」

九一は広い肩を窄《すぼ》めるようにして、恥じ入る。

「たしかになあ、兄ィの親父さんの言う通りだ」

俺も、つくづく感心した。

「暑い中、寒い中、あっちこっちに聞きこみに行って、何の手がかりもないばかりか、疎《うと》まれ迷惑がられると、甲羅《こうら》に苔《こけ》の生えたような俺でさえ、ふと十手稼業が虚《むな》しくなる時がある。そんな時に、たまたま道を尋ねた人に親切に教えてもらっただけで、何だか心の中があたたかくなるような気がするよ。なるほどなあ、九に一で九一とは、よく名付けたもんだ」

「でも、おらは逆の意味もあると思ってますだよ」

「ほう、逆の意味とは」

旦那も俺も、九一の方に身を乗り出す。

「いくら楽しいこと嬉しいことが九つあっても、たった一つ厭《いや》なことがあったら、楽しさも嬉しさも帳消しになってしまいますだ」

「うむ、その通りっ」

俺は思わず、飯台を叩いた。

「吉原《よしわら》で、いくら盛り上がっても、うちに帰って女房が文句を言いやがると、いっぺんで台無しだからな」

「おいおい……どうして親分の話は、そっちの方へ行くのかな」

「すいません」

旦那が呆れ顔になったので、俺は頭を下げた。

「おらは気が小さいですだ。だもんで、通りがかりに困っている人を見かけて、そのまま通り過ぎたら、何となく後味が悪いです。だったら、通り過ぎずに手助けした方が、心が晴れやかになるだからね」

「……だから、人質の身代わりに名乗り出たのかね」

旦那は静かに訊く。

「へい。他の誰かが身代わりになって、もしも殺されたりしたら、おら、何とも厭《いや》な気分になると思うです。それなら、自分が人質になった方が、気が楽だで」

九一兄ィ、別に気負った様子もなく、ぼそぼそとした喋り方でそう言った。

「他人が痛い目にあってるのを見過ごすくらいだったら、自分が痛い思いをした方が気が楽ということか……面白い。さあ、くっぴんの兄ィ、飲もう」

「へい、どうも」

兄ィがご返杯しているところに、親爺が大根の千切りに梅干しを和《あ》えた上に縮緬雑魚《ちりめんざこ》を乗っけたものを持ってきた。

俺は、そいつに箸《はし》を伸ばしながら、ふと思い出して、

「ところで、親爺。先頃、大成楼とかいう見世で殺しがあったらしいな」

「それですよ、親分」

親爺は小腰をかがめたままで、話し出した。

「いや、あの時は大変な騒ぎで――」

6

大成楼というのは松岸の遊女屋の中でも下の位で、主人夫婦は因業《いんごう》で有名、妓《おんな》たちの扱いは非道《ひど》いものだったそうだ。

半月ほど前、その大成楼に揚《あ》がった浪人の客が、何が気に食わなかったのか夜中に見世を飛び出して清閑寺へ行き、朝になって舞い戻ったと思ったら、主人夫婦と遣《や》り

手婆《てばば》ァ、それに若い衆の頭《かしら》を叩き斬って逃げたのだそうだ。

無論、すぐに飯沼陣屋から捕方が出たし、近在の者も集められて大規模な捜索が行われたが、浪人はその包囲網を突破したらしく、その行方は杳《よう》として知れないという。

「へえ、そんなことが……」

俺は旦那の顔を見た。硬い表情になった旦那は、無言で頷く。

前《さき》にも述べたように、銚子は高崎藩の飛び地である。これが旗本領か天領での事件ならば、すぐに逃亡した浪人の手配書が江戸の町奉行所に回ってきただろうが、大名領の事件ではそうはならないのだ。

同様に、江戸の谷中で死んだ浪人のことも、高崎藩銚子領の飯沼陣屋に知らされるわけではない。だから、清閑寺を訪れた右近の旦那を、藤井役人は大成楼事件の下手人と間違えたのだ。

間違いない。大成楼の主人たちを殺《や》ったのは、右近の旦那の友人の桐山弦蔵だろう。

「で、その浪人者は、なんで、そんな大それた真似をしでかしたのだろうかねえ」

「さあて、大成楼は潰れて妓たちも散り散りになってしまったので、詳しいことはわかりませんが……どうも、その浪人の妹というのが、大成楼の蛍という妓で、労咳《ろうがい》で死んだんだそうです。その仇討《あだう》ちだったらしいですよ」

「すると、夜中に清閑寺へ行ったというのは……」

「あそこは、妓たちの投げ込み寺ですから」

年季が明ける前に病死した妓たちは、前借金を返さずに勝手に死んだ恩知らずとして、見せしめのために棺桶《かんおけ》にも入れてもらえず、荒筵《あらむしろ》をかけただけで大八車に乗せられて、墓地に投げ捨てられるのだ。それを投げこみ寺という。つまり、桐山の旦那の妹の弥生様は、遊女だったのである。

「それにしても、浪人とはいえお武家の妹さんが遊女に売られるとはねえ」

「たちの悪い江戸の浪人に騙《だま》されて、売られたらしいですよ。でも、その蛍という妓は、いつか右近様が自分を迎えに来てくれる——と同輩に話していたそうですが」

「う……右近……」

俺は息を呑んだ。

「可哀想にねえ。自分を売り飛ばした男を信じていたんでしょうね。いや、信じたふりをせずにはいられなかったんでしょうねえ。遊女の最期なんて、哀れなものですよ」

親爺は首を振りながら、台所へ戻った。

俺は、おそるおそる右近の旦那の顔に目をやった。平然となさっているようだが、内心の驚きと動揺と怒りのために、引きしまった口の両端に筋肉が瘤《こぶ》のように盛り上がっていた。

無論、旦那が女を苦界《くがい》に沈めたりするわけがない。弥生様がそう言ったのには、込み入った事情があるに違いない。

それが何なのかは、今となっては、もう誰にもわからないが……。

九一の兄ィも、何か唯事《ただごと》でない気配を察したのか、黙って飲んでいる。入口の油障子の向こうでは、すでに日が暮れかかっていた。

「――兄ィ。相撲をとるか」

突然、黙りこくっていた旦那が言った。やけに陽気な口調だった。

「兄ィは強いだろうが、俺も相撲は弱くはないぞ」

「店の外に出るのも面倒だから、そこの台で腕相撲はどうですかね」

「うむ、良かろう」

二人は土間に降りると、右の袖をまくりあげる。そして、卓の上に肘《ひじ》を乗せて右手を合わせ、左手で端をつかんだ。俺も土間に降りると、行司《ぎょうじ》になって、

「互いに見合って、見合って――はっけ良い！」

「む……」

「んん……」

旦那と九一の顔が、見る見るうちに朱に染まった。丸太のように太い二人の腕が、さらに一回り大きく膨れ上がる。ぎしっ……と卓の分厚い天板が鳴った。

「どっちも、どっちもっ」

俺は、右近の旦那以上の力持ちはこの世にいないと思っていたが、ここに互角の人間がいたのである。いや、ひょっとしたら、互角以上かも知れない。

現に、旦那の右手は一寸ばかり押されているのだ。

「やるな、兄ィ……」

旦那が白い歯を剝《む》き出しにして、にやりと笑った。太い首の筋肉が、さらに破裂しそうに膨れ上がる。

ぎ、ぎぎ……と卓が軋《きし》む。旦那の右手が、勝負開始の位置まで戻った——と見えた瞬間、店の中に雷が落ちたような音がして、二寸はある卓の天板が真っ二つに折れたではないか。

「引き分け、この勝負は引き分けっ！」

俺があわてて、宣言する。

「強い、強いなあ、くっぴん」

「秋草の旦那も、おらが今まで会った中では最高に強いですだよ」

称《たた》え合う二人の脇で、へたりこんでいる親爺に俺は近づいた。

「安心しろ、親爺。壊した飯台は俺が弁償するから」

「へい……」

卓一つで旦那の憂さが少しでも晴れれば、安いものだ。

と、俺の背後で油障子が開いて、

「あの……長太郎を助けていただいた旦那方《がた》で」

遠慮がちに声をかけてきたのは、貧しげな身形《みなり》だが実直そうな顔をした二十六、七の百姓である。

「うむ。こちらの旦那と兄ィがそうだが、お前さんは」

「はい。わたくしは、長太郎の父親で常吉と申します。この度は、何とお礼を申し上げてよいやら」

「まあ、常吉さんとやら、そこでは遠くて話もできねえ。こっちへ入りなせえ」

常吉を招き入れて、再び、小座敷で酒宴を再開した。旦那も、屈託のない顔つきで杯を重ねる。

「ところで、常吉さん。あのごろつきどもは、どうして、お前さんの倅《せがれ》をさらおうとしたのかな。こう言っては何だが、まさか身代金目当てじゃあるめえ」

「へえ……」

常吉の顔に、何とも言いようのない煩悶《はんもん》が表れた。目の前の杯を手にすると、一息に飲み干して、熱い息を吐く。

「お聞きください。実は……長太郎は、わたくしの種ではございません」

「ほう……お前さんは、それを承知で」

「はい。承知の上で、お照と一緒になりました」

肚《はら》の奥からこみ上げてくる怒りを押し殺すように、ゆっくりと常吉は語り始めた
――六年前、常吉は、鰯長者と呼ばれる船主の緒方庄左衛門《おがたしょうざえもん》の屋敷の奉公人だった。お照も、その屋敷の下女だった。

お照に手をつけたのは、庄左衛門の一人息子の庄八《しょうはち》というろくでなしである。その結果、お照は身籠《みご》もった。ところが、その時は、放蕩《ほうとう》息子の庄八に、九十九里《くじゅうくり》の船主の娘と縁談が進んでいる最中だった。

庄左衛門は、かねてからお照を憎からず思っていた常吉に、身重のお照を田畑と持参金付きであてがった。無論、子供が生まれても財産分けなど主張しないという証文をとった上である。

やがて生まれた玉のような男の子を、常吉夫婦は可愛がり、その子もすくすくと成長した。

その間に、庄八はお粂《くめ》という娘を嫁に貰った。そして、庄左衛門の妻が病死し、佐原の料理茶屋で仲居をしていたお沢《さわ》という女が後妻に入った。伊助《いすけ》という男の子付きである。

そして、今年の夏、酒毒が全身にまわったものか、庄八が頓死《とんし》した。お粂との間に、子はない。そうなると、鰯長者の後継《あとつぎ》は、後妻の連れ子で、今年十八歳の伊助という

ことになる。

が、そうなると、庄左衛門は自分の血筋にこだわりだした。

憎いわけでも嫌いなわけでもないが、自分と伊助との間には、血の繋《つな》がりがない。

直系の孫といえるのは、常吉夫婦の子供として育った長太郎である。

「それで旦那さまから、何度も長太郎を返せというきつい催促が……ですが、返すも何も、長太郎はわたくしたちの子供でございます」

「そりゃそうだ」俺は憤慨した。

「一度は財産分けなど諦《あきら》めろと一筆とっておきながら、今になって自分の孫だとは虫が良すぎるぜ」

「すると、長太郎をさらおうとしたごろつきは、庄左衛門に雇われたのか」

旦那が訊くと、常吉は首を振って、

「いいえ。それは……後妻の奥様は、二番番頭の重兵衛《じゅうべえ》さんと格別に仲が良いという噂です」

「へえ、仲がねえ」

飲み慣れぬ酒に顔を火照《ほて》らせた常吉は、言いにくそうに、

「奥様は、何がなんでも伊助坊ちゃんを後継にすると言っておられるそうで……」

「なるほど。後妻と二番番頭が手を……いや、手も足も組んで、お家乗っ取りを企ん

でいるってわけか。それで、邪魔になる長太郎を始末しようとしたのだな。もっとも、そのために雇ったごろつきが、後金《あときん》欲しさに焦って、大勢の目の前で坊をさらってしまったというところだな」

「お前さん、梅松という男を知らないか」と旦那が訊いた。梅松というのは、清閑寺まで立て籠もりのことを藤井役人に報《しら》せに来た男である。

「緒方家の一番番頭です」

「梅松は、庄左衛門の味方だな」

「へい。うちに交渉に来るのも、梅松さんで」

それで読めた。一番番頭の梅松は、二番番頭の重兵衛の動きを探っていて、長太郎の拐《かどわ》かしの現場を目撃したのに違いない。で、すぐに藤井役人にご注進したというわけだ。

「もう少し、訊かせてくれ」と旦那。

「伊助というのは、どういう男かね」

「わたくしみたいな者が言うのは何ですが、亡くなった若旦那とは大違いで、真面目な人だそうです」

「ふうむ……」

旦那はしばらくの間、腕組みをして考えこんでいたが、

「よし、わかった。お前さんは帰りなさい。妻子の傍を離れず、今夜は絶対に外出するな。わかったな。明日になれば、何もかも解決しているだろう。さあ、行きなさい」

そう言って常吉を帰すと、俺と九一の顔を交互に見た。

「どうだ、お二人さん。少しばかり、俺に腕を貸さんか」

「そりゃ、もう」

「何でもやりますだよ」

俺たちの返事を聞いた右近の旦那、満足げに頷くと、台所の方へ顔を向けて、

「おい、親爺。この鴨居の面を借りるぞ――」


――それからな、金太よ。

夜更けに、俺たち三人は親爺が用意した襤褸《ぼろぎ》着に着替えると、棍棒《こんぼう》を手にして、鰯長者の屋敷の主人夫婦の寝間に忍びこんだ。

旦那は閻魔大王、九一兄ィは黒鬼、俺は何と奪衣婆の面をかぶっていたのさ。

何しろ、旦那も九一も顔の広さが並の五割増しだから、面長の面をつけると、左右がはみ出してしまう。いや、それは俺も似たようなものだろうが、自分の顔は見えないからな。

こりゃ、庄左衛門――と旦那が脅しつけたね。己《おの》れの血筋に拘《こだわ》るあまり、人の道を

違《たが》えてはいかんぞ、立派な後継が同じ屋根の下におるではないか、と。そして、後妻のお沢に向かって、妻たる道を踏み外さずに夫に尽くせ――と言い聞かせた。

それから旦那と九一が棍棒で……いや、殴ったんじゃない、夫婦の目の前で太い棍棒をへし折って見せたのだ。もしも、非道な振る舞いをしたら、この棍棒のような目に遭わせるぞ――と言ってな。

二人とも、歯の根も合わぬほど震えながら、必死で頷いていたよ。

翌日の朝――九一と別れた俺たちは、清閑寺へ行って、弥生様の墓参りをした。蛍という源氏名でわかったよ。墓といっても、卒塔婆だけのものだったがな。

それから、高瀬舟に便乗させてもらって、江戸への帰途についた。船の中で、旦那は、ずっと黙っていたが、関宿の関所で順番待ちをしている時に、いきなり言ったよ。

「親分……弦蔵は俺を殺しに来たんだよ」

俺は驚いたが、確かに、そう考えると辻褄《つじつま》が合う。それが、どうして死に際になって、恨みごとを言わずに「お主に会えて良かった」と言い残したのか。

「わからん。だが、俺は、谷中で斬り殺されていた喜助というごろつきが鍵だと思う。突飛な考えだが……四年前に弥生殿を売り飛ばしたのは、喜助ではないのか。それを弦蔵が知って、あの斬り合いになったのではないかな」

たしかに突飛だが、そう考えれば、何もかも疑問が氷解するのだ。

「俺が……俺が、四年前に弥生殿と一緒になっていれば……」

「旦那」と俺は言った。

「桐山の旦那は、最後に誤解が解けた。旦那は、弥生様の墓参りが出来た。十のうち一つだけだが、良いことがあったじゃねえですか。九一ですよ、世の中は」

「そうか、九一か」

右近の旦那は、寂しそうに笑いなさったよ……。

え？　左足の件はどうなったって、か。そうか、そうだったな。

聞いてくれ、金太。

江戸川下りの高瀬船を、俺たちは、千住で降りた。

千住には、八代将軍の吉宗《よしむね》公が鷹狩《たかが》りの帰途で一服したという茶屋があり、そこの茶釜《ちゃがま》は〈光茶釜〉と呼ばれて名物になっている。

千住では何度も遊んでいる俺だが、まだ、この光茶釜を見たことがない。それで、元気のない旦那を誘って見物しようと思ったのだ。

まあ、その後で遊女屋にくり込んで、旦那をお慰めしようとも企んでいたのだが……船から下りる時に、ふと、閻魔大王の面から左右にはみ出した旦那の顔を思い出してな。

笑いをこらえた瞬間に、渡し板を踏み外しちまって、この様《ざま》さ。

船主夫婦に人の道を踏み外すなと説教しておきながら、自分が渡し板を踏み外してりゃあ、世話はない。

それで担ぎこまれたのが、骨接ぎ名人の名倉先生の家だ。しかも、この家が、光茶釜の茶屋の真ん前ときている。

いや、世の中というのは、本当にうまい具合になっていると、つくづく思ったよ。

どうだ、金太、面白かったか。

……ちぇっ、寝てやがる。

女房も、まだ帰らねえようだな。俺も一眠りするか。

へい、お休み……。

第五話　ろくでなし

1

足が重い。鉄の下駄《げた》を履いているようであった。

秋草右近は、水戸《みと》家上屋敷近くの通りを歩いていた。

陰暦十二月の上旬にしては珍しく、風もなく晴れた穏やかな陽差《ひざ》しの昼下がりであったが、まるで鉛の肉襦袢《にくじゅばん》を着込んだかのように、軀《からだ》がだるい。

朝起きた時に頭が痛いのは、昨夜たらふく飲んだから二日酔いだと思っていたのだが、正午《ひる》近くになっても頭痛が治らず、背中を薄《すすき》の穂で逆撫《さかな》でされるような悪寒《おかん》が走り、ようやく風邪らしいと気づいたのである。

今日は、茗荷谷《みょうがだに》の寮で寝こんでいた小間物屋の隠居が床上《とこあ》げをするというので、以前に美人局《つつもたせ》に引っかかったのを解決してやったことのある右近も招かれたのだ。

そこで、ちびちびと酒を飲んでいる最中、どうにも我慢ができなくなり、全快祝いの席で自分が病気らしいと言うのも憚《はばか》られたので、「急用を思い出した」と嘘を言って抜け出して来た右近であった。

それから、近くの蕎麦屋《そばや》の二階で半刻《はんとき》ほど休んだが、気分は少しも良くならなかった。けれども、瘦《や》せても枯れても秋草右近は二本差《にほんざし》だから、全身に手傷でも負ったのならともかく、風邪ぐらいで駕籠《かご》に乗るわけにはいかない。

(他人の床上げの席で己《おの》れが具合が悪くなるとは、何とも間の抜けた話だな……)

自分で自分を嗤《わら》いながら、女中に迷惑料を渡した右近は、蕎麦屋を後にして力のない足取りで嬬恋町にある自宅へと歩き出した。

全身が冷たい汗で濡《ぬ》れて、胃の腑《ふ》が石を詰めたように重苦しい。街角の田楽《でんがく》売りの陽気な声さえ、耳の奥に反響して、膨れ上がったこめかみの血管が破裂しそうだ。

(飲んだ後に、お蝶を可愛《かわい》がって……汗をかいたまま寝たのが悪かったかな)

一緒に暮らすようになって二年近く――男勝りの伝法《でんぽう》な女掏摸《すり》だったお蝶も、今では女として成熟して、ちょっとした仕草にも艶《つや》っぽさが匂《にお》うようである。生娘《きむすめ》であったのが、男女の愉《たの》しみにも本格的に目覚めて、閨《ねや》の中で恥じらいながらも色々な小技を遣《つか》うようになった。

そんな風に献身的に奉仕されると、右近も男として張り切らざるを得ない。結果として、昨夜は三度も合戦仕《つかまつ》った右近であった。

(酒を飲んで奮戦したくらいで風邪をひくとは……俺も年齢《とし》かな。七、八年前だったか、甲府《こうふ》の遊女屋で妓《おんな》たちを総揚げして夜通し騒いだ時など、翌朝はけろりとしていたものだが……）

こんな情けない姿を師の埴生鉄斎《はにゅうてっさい》に見られたら――そう考えると、右近は、別の種類の冷や汗がにじみ出すのを感じた。鼻の奥が、むずむずしてくる。早く、家へ帰って横になりたい。

と、中富坂町《なかとみさかちょう》の一角に、人だかりがしているのが見えた。何か怒鳴り声が聞こえる。通り過ぎようと思ったが、萬揉《よろずも》め事解決屋の看板をあげている手前、右近は何となく気にかかって、一応、野次馬たちの後ろから覗《のぞ》きこんだ。

「なんでえ、そのふて腐れた面《つら》は！」

そこは棟上《むねあ》げ前の普請場《ふしんば》で、熊《くま》のような体格の大男が片袖《かたそで》をまくり上げて、二十六、七の役者のような容貌《ようぼう》の男を怒鳴りつけていた。その男は、浅黒い、というよりも、年季の入った漁師のように黒光りするほどに陽に焼けた肌をしている。

彼の後ろには、揃《そろ》いの綿入れ半纏《はんてん》を着た数人の大工がいた。

役者顔の男も、この普請場で働いている者だろうが、半纏は着ていない。雑用係なのか粗末な身形《みなり》で、彼の足下には塵取《ちりと》りと箒《ほうき》が置いてあった。

「この鬼熊《おにくま》様の足に、てめえらのような半端者が木屑《きくず》を掃きかけておいて、ただで済むと思うのかっ」

酒が入っているらしく、茹《ゆ》で蛸《だこ》のように真っ赤な顔で鬼熊は吠《ほ》えた。こけ威《おど》しの渡世名《ふたつな》を口にしたところをみると、強請《ゆす》りたかりで喰《く》っているごろつきだろう。

「……すいません」

男は目を伏せたまま、ぼそりと言う。相手に対する怯《おび》えはなく、投げやりな態度だった。

「それが詫《わ》びる態度か、土下座《どげざ》してみろっ」

鬼熊は、男の胸ぐらをつかんだ。

「待ってくれ、兄ィ」

大工たちの中で最も年嵩《としかさ》と見える男が、鬼熊の肩に手をかけて、

「俺は、この普請場の世話役《せわやく》で清次郎《せいじろう》って者だ。この辰吉《たつきち》は、新入りの中年者《ちゅうねんもの》でな」

世話役とは、いわゆる現場監督のことである。

職人は普通、十二、三歳で親方に弟子入りして、十年くらいで一人前になる。これに対して、何か事情があって十代後半になって遅く弟子入りする者を〈中年者〉と呼ぶのだ。

「挨拶《あいさつ》の仕方も知らねえのは、俺の仕込みが悪いせいだ。腹も立とうが、勘弁してくんな」

そう言いながら、清次郎は、紙にくるんだ金を鬼熊の袖の中に入れようとする。

素面《しらふ》の時なら、その金を黙って受け取って引き上げただろうが、酔った鬼熊は算盤《そろばん》勘定を忘れていた。

「引っこんでろ！」

清次郎の胸を、どんっと突く。不意をつかれた清次郎は真後ろに吹っ飛んで、危うく大工たちに抱き止められた。

それを見た辰吉の目が、ぎらりと光った。自分の胸ぐらをつかんでいる鬼熊の右手首を、さっと背中の方へねじ上げる。

「いてててっ」

だらしなく悲鳴を上げる鬼熊の大きな臀《しり》を、辰吉は蹴っ飛ばした。鬼熊は、踏み潰《つぶ》された蛙《かえる》のように、俯《うつぶ》せに地べたに叩《たた》きつけられる。

おおっ、と野次馬たちが歓声を上げた。

「て、てめえ……」

団子鼻から血を流しながら、鬼熊は飛び起きた。猛牛のような勢いで、辰吉につかみかかる。

が、よほど喧嘩《けんか》慣れしているのか、辰吉の動きは鮮やかだった。またも鬼熊の太い腕を取ると、自分の一倍半はあるだろう目方の巨漢を、腰投げで吹っ飛ばす。

地響きを立てて、鬼熊の背中と腰が冷たく硬い真冬の地面に激突する。無料で面白い観世物《みせもの》を見物できた野次馬たちは、大喜びだ。

「世話役、大丈夫ですかい」

襟元を直した辰吉が、低い声で訊《き》く。

「むむ……まあな」

清次郎が難しい表情になって、辰吉を見た。

「大したもんだな、辰吉っ」

「あの札付きの暴れ者の熊五郎《くまごろう》を、あっさりと手籠《てごめ》にしちまうんだから」

「さすがに場数を踏んでる人は、貫禄が違うね」

若い大工たちが目を輝かせて、口々に賞賛する。辰吉は、照れ隠しのように襟首を撫でながら、

「なァに、相手は酔ってるんだから、自慢にはなりませんよ」

皆が、辰吉たちの方に気を取られている間に、仰向《あおむ》けになっている鬼熊の右手が、そろそろと懐《ふところ》に入り、そこに隠し持っていた匕首《あいくち》を抜きかける。

その瞬間――右近が、三十個の紙風船を一斉に叩き潰したような、大きな嚏《くしゃみ》をした。

驚いて振り向いた辰吉は、鬼熊が匕首を手にしているのを見て、即座に脇腹に蹴りを入れる。くぐもった悲鳴をあげて匕首を放り出した鬼熊は、野次馬たちの嘲笑《ちょうしょう》を浴びながら這々《ほうほう》の体《てい》で逃げ出した。

辰吉は、ゆっくりと右近の方へ目を向けると、値踏みするように見つめてから、

「旦那、ご助勢、ありがとうございました」

にっと笑って軽く頭を下げた。先ほどまでの仏頂面《ぶっちょうづら》と違い、活《い》き活《い》きとして自信に満ちた表情で、男っぷりが上がっている。野次馬の中の若い娘が、熱い溜息をついたほどだ。

「いや、別に」

右近は、ぶっきらぼうにそう言うと、辰吉たちに背を向けて、歩き出す。

不機嫌そうな顔つきになっているのは、風邪のせいばかりではなかった。

2

「右近の旦那、お加減はいかがですか」

神田相生町《あいおいちょう》の岡っ引・左平次が見舞いに来たのは、それから三日後の夕方であった。

「近頃は御府内で付火《つけび》が多くて、あっしもほとんど毎晩、火の番見廻りに付き合ったりしてるもんだから、どうにも旦那の話を耳にするのが遅れました。勘弁してください……あれ？」

枕元《まくらもと》に座った左平次は、寝ている右近の顔を覗きこんで、

「旦那、やつれましたねえ。ただの風邪じゃないんですか」

「親分……」

右近は夜具の下から手を出して、左平次の膝《ひざ》を力なく握り、

「仕出し屋に粥《かゆ》はないだろうか」

「は？　いや……さすがに、お粥はないでしょう」

何が何だかわからずに左平次が答えると、右近の目から、ぽろりと涙の粒が落ちた。

「ど、どうなすったんで！　苦しいんですか、痛みますかっ、医者を呼びましょうかっ？」

左平次はあわてた。この天下無双の豪傑が、頬《ほ》っぺたの赤い童《わらべ》のように涙を流すとは！

「何でも言いつけてください、旦那のためなら火の中水の中の左平次だっ」

「実はなあ……三日前の夜から、ずっとお蝶が作った粥を食べているんだが……」

「あ、お蝶姐御《あねご》のお粥を……なるほど、それで」

左平次は、ようやく得心した。

元女掏摸《すり》のお蝶は、右近にべた惚《ぼ》れの美女だが、困ったことに料理がからっきし下手《へた》なのである。

いや、下手という表現は穏やかすぎる。殺人的といった方が良いかも知れない。

美味《おい》しいものを食べれば美味しいとわかるから、決して味覚に問題があるわけではないのだろうが、自分で料理をすると、なぜか〈人間が食べてはいけないもの〉になってしまうのだ。

そのお蝶は、左平次が来たのと入れ替わりに、隣の家に用足《ようた》しに行っている。

「あいつが最初に作ってくれた粥は、煮込みすぎて米が溶けて糊《のり》のようになっていた。しかも精力をつけるためとかで、山椒《さんしょう》と韮《にら》と唐辛子と山芋《やまいも》が入っていた。そのくせ塩も入れず、味付けはしていないんだ」

「それはそれは……」

左平次は首を後ろへねじって、用心深く玄関の方の様子を窺《うかが》ってから、小声で、

「勿論《もちろん》、一口で止《や》めたんでしょう？」

「そういうわけにいくか。あいつが枕元に座って食べさせてくれるのだ。食べ終わって、すぐに、猛烈な腹下しをしたよ」

「まあ、風邪をひいていないまともな人間が食べても、そうなるでしょうな」

「遠回しに、味が薄いし少し煮込みすぎのようだな、と言ったら……翌日の朝の粥は米に芯《しん》が残っていてな。しかも、生《なま》に近い大根入りで、味噌《みそ》と醬油《しょうゆ》と塩と山葵《わさび》で味付けがしてあった。後は、ずっとそんな調子だ」

「ははあ」

左平次は、自分が右近ではなくて良かった――と心底、思った。

「お蝶粥を食べて滝のような腹下しが三日も続けば、どんな兵法者も武芸者も気息《きそく》奄々《えんえん》だよ」

「旦那は偉《えれ》えや」ぴしゃりと膝を叩く、左平次だ。

「そんなお粥を毎日平らげるんだから、よほど、姐御に惚れてらっしゃる」

「だって、親分。あいつが、ほとんど寝ずの看病をして俺のためにと一生懸命作ってくれたものを、食べないわけにはいかんだろう……が、それも限界だ」

右近は弱々しく溜息をついて、

「このままでは、風邪より先に腹下しで死んでしまう」

「困りましたねえ。仕出し屋に何か注文するのは簡単だが、それを、お蝶姐御に、どう説明するか……」

腕組みして左平次が考えこんだ、その時、

「――親分、ごめんなさい。何のお構いもしませんで」

そう言いながら、お蝶が帰ってきた。

「いや、いや。姐御も看病で大変だろう」

左平次は片頬を引きつらせながら、さりげなく言う。睡眠不足のせいか、お蝶の顔色も悪かったが、にっこりと微笑《ほほえ》んで、

「隣のお関《せき》さんに、白魚の良いのを貰《もら》っちゃった。腕によりをかけて、旦那の風邪が素っ飛ぶような料理を作るから、親分も食べていってね」

それを聞いた左平次は、竹細工の玩具《おもちゃ》のように、ぴょんと素早く立ち上がった。

「す、す、すまねえが、姐御。俺は、ちょっと外せねえ用事があってなあ」

「おい、親分。俺を見捨てるのか。水火も厭《いと》わぬと言ったではないか」

哀れっぽく言う右近を、片手拝みにして左平次は、

「火より水より怖いものが……旦那、お達者で！」

「こら、左平次っ」

「どうしたの」

何事かと台所からお蝶が顔を出した時には、雪駄《せった》を突っかけた左平次は右近の家から五間ほど先を、捕物の時にも見せたことのないような必死の形相で走っていた。

3

「あの鬼熊をあしらった手際の良さ、何度思い出しても、胸がすっとすらあ」

「まったく、度胸が良くて喧嘩が強くて気《き》っ風《ぷ》がいい上に男前ときてる、辰兄ィのような人が兄弟弟子で、俺たちも鼻が高いや」

「岡場所へ行っても、辰兄ィと仲間だというと、妓たちの扱いが違うんだから」

「――もう、いい加減にしてくんな」

満更でもない表情で、辰吉は言う。

「兄弟弟子なんて、とんでもない。年こそおめえたちより上だが、俺は入り立ての見習い小僧だ。それに、島帰りと仲間だなんて、あんまり言いふらさない方がいいぜ」

自分で見習い小僧だと言いながらも、立派に兄貴風を吹かしている辰吉だ。

深川の仙台堀《せんだいぼり》に近い居酒屋、入口近くの卓で辰吉は三人の大工と飲んでいた。鬼熊をやっつけて喝采《かっさい》を浴びてから、十日ほどが過ぎている。

店の左側の土間には卓が並び、右側は衝立《ついたて》で仕切られた切り落としの座敷になっていた。辰吉たちの斜め向かいの座敷では、三十がらみの浪人者が独りで飲んでいる。

外では、冷たい木枯らしが吹き荒れていた。

「何を言うんだ、兄ィ。御赦免船《ごしゃめんせん》で八丈《はちじょう》から帰って来たんだから、もう、まっさらな軀と同じじゃねえか」

「そうとも。かえって、押し出しがきくってもんだぜ」

伝助《でんすけ》と三平《さんぺい》という二十歳《はたち》前の大工が言った。

「ねえ、兄ィ」庄太《しょうた》という大工が熱燗《あつかん》の酌をしながら、

「八丈の思い出話なんぞ、聞かせてくださいよ。何でも一年中春か夏みてぇな陽気で、

島娘も滅法情《めっぽう》が深いというじゃありませんか」

「……」

急に押し黙った辰吉は、しばらくの間、猪口《ちょこ》の酒を見つめていたが、ぽつりとこう言った。

「八丈は……地獄だ」

――辰吉は、今年で二十七。父親は腕の良い左官だったが、彼が幼い頃に病死し、母親のお紺《こん》に女手一つで育てられた。

亡父の知り合いだった佐兵衛《さへえ》という大工の棟梁《とうりょう》に弟子入りしたのが、十三の時である。徳次という同い年の少年が、同期で弟子入りした。

この時代――どんな職業でもそうだが、弟子入りしたばかりの小僧の一日は、目の回るような忙しさであった。

まず、夜明け前の暗いうちに起きて水汲みと飯炊き、朝食の用意をする。棟梁や兄弟子たちが食事をしている間は給仕をするし、その後すぐに後片づけをしなければならないから、飯は嚙《か》む暇もなく喉の奥へ流しこむだけだ。

昼間は、棟梁の家で掃除や子守をするか、普請場で雑用係だ。普請場では、午前の休みと昼食、午後の休みの時に、茶と煙草盆《たばこぼん》の支度がある。大八車で、木場《きば》から材木の運びこみもしなければならない。

日に三度、普請場の隅から隅まで掃除をして大鋸屑《おおのこ》や鉋屑《かんな》などの木屑を集める。これを天秤棒《てんびんぼう》の両端に下げた籠《かご》に入れて持ち帰り、近所の湯屋に売るのだ。

普請場から帰ると、兄弟子たちが湯屋に行っている間に、食事の支度をする。夕食後に片付けが終わると、棟梁夫婦や兄弟子たちの使いっ走りをしたり、明日の仕事の用意をしたりするから、床につく頃には草臥《くたび》れ果てている。

これほど働いても給金が出るわけではなく、衣食住を保証される他は、盆と正月が休みになって僅《わず》かな小遣いを貰うだけ。

数年を経て、ようやく道具を手にして仕事の真似事をするようになるが、「技《わざ》は見て盗んで覚えろ」の世界だから、誰も仕事のやり方など教えてはくれない。そのくせ、間違ったことをしでかしたら、叱《しか》られるより先に拳骨《げんこつ》の雨が降る。

そして多少、鉋が扱えるようになると、今度は下見板ばかり百枚も二百枚も削らされるというような苦行が待っているのだ。

この下働きを我慢して、兄弟子の技を盗み見ながら寝る間も惜しんで自分なりの工夫に工夫を重ねて辛抱していると、二十代半ばで一人前の職人として認められる。そして、お礼奉公が済めば、棟梁の家に住みこみのままでいるも、独り立ちするも、本人の自由となるのだ。

呑《の》みこみは遅いが馬鹿がつくほど真面目で熱心な徳次は、少しずつ腕を上げていったが、なまじ最初から腕の良い辰吉には、その辛抱ができなかった。

普請場の下働きが馬鹿馬鹿しくなった十六、七の時から悪い遊びを覚え出し、夜中に棟梁の家を抜け出して、明け方に何喰わぬ顔で戻ってくるという始末。

困ったことに、若くて男振りが良かったから、そこらの女たちが放っておかず、金の苦労もあまりしないですむ。

同輩の徳次の忠告も聞き流し、何度か棟梁にうるさく説教されると、ついには職人の命である道具を置いたまま、辰吉は棟梁の家を飛び出してしまった。

そして、ごろつき仲間や女たちの家を泊まり歩いているうちに、本所《ほんじょ》の船宿の二階で開かれる賭場《どば》の手伝いをしていたら、ある夜に突然、町奉行所の捕方がなだれこんできた。

私的な博奕《ばくち》は江戸幕府開闢《かいびゃく》以来の御法度《ごはっと》で、当然、客よりも賭場を開帳した者の方が罪が重い。客たちは中追放で済むが、棟梁の家を逃げ出して無宿人同然の辰吉は遠島《えんとう》と決まった。十九歳の時だった。

科人《とがにん》たちは、鉄砲洲《てっぽうず》の伊豆七島物産売捌所《うりさばきしょ》から出る交易船に乗せられて、それぞれの島へと運ばれる。辰吉が送られたのは、最南端の八丈島だ。

江戸の南百二十里にある八丈島は、伊豆七島で唯一、田圃《たんぼ》のある島だが、それでも三千六百名の島民の口を養えるほどではなかった。そんな島に数百名の科人が送りこまれて、流人《るにん》となっているのだ。その生活が悲惨であることは、言うまでもない。悪疫と飢饉《ききん》のために、流人たちは次々と死んでゆく。流人墓地は荒れ放題で、手入れをする者も花を手向《たむ》ける者もない。しかも、遠島は一生刑なのだ。

が、ただ一つの希望として、将軍家の慶事の時には、恩赦がある。恩赦の対象になる流人は、武家ならば在島三十年以上、町人なら五年以上の者で、その中から無作為に選出される。

昨年、十一代将軍家斉《いえなり》の溺愛《できあい》していた姫が流行病《はやりやまい》にかかり、一時は危篤状態となったが、奇跡的に回復をした。この全快祝いとして、流人の恩赦が行われ、幸運なことに辰吉は御赦免となった。

今年の夏、赦免船で霊岸島《れいがんじま》の船手番所に着いた辰吉は、老母と徳次に出迎えられ、松島町《まつしまちょう》の裏長屋に辿《たど》り着くと、そのまま寝こんでしまった。

安心して気がゆるみ、僅かな食料を取り合うような苛酷な暮らしで蓄積した疲労が、堰《せき》を切って一気に溢《あふ》れ出したのだろう。ようやく人並みに軀が動くようになったのは、つい先月のことなのだ。

だが、島帰りにまともな働き口はない。そこで、徳次の口利きにより、再び、棟梁の佐兵衛のところへ弟子入りすることになったのである。住みこみではなく、松島町からの通いという形だった。

そして、普請場の雑用をそれなりにこなしていた辰吉であったが、乱暴者の鬼熊を懲らしめたことで、若い者たちから「兄ィ」と慕われるようになったのだ……。

「いや、愛想のない言い方ですまねえ」

地獄というあまりに重い言葉に、庄太たちが息を呑んでいると、辰吉は如才なく笑みを見せる。

「島の話と女房自慢は、不粋《ぶすい》なものよ。さ、陽気に飲もうじゃねえか」

「へい、そうですねえっ」

ほっとした表情になった庄太は、戯《おど》けた仕草で立ち上がり、店の奥へ向かって、

「おい、熱燗追加だよっ」

そう言った拍子に、座敷の上がり口に立てかけてあった四尺ほどの棒を、足に引っかけて倒してしまった。

「あ、こいつァとんだご無礼を……」

あわてて、庄太は転がった棒を拾う。その顎《あご》を、いきなり、浪人者が蹴《け》りつけた。

「わっ」

吹っ飛んだ庄太の軀は、辰吉たちの卓にぶつかり、その上にあった徳利や皿や猪口《ちょこ》が土間に落ちて砕ける。

「何をしやがるっ」

伝助たちが、いきり立った。他の客も総立ちになる。

「謝っている者を蹴っ飛ばすとは、どういう了見だ、お侍!」

「黙れ」

中肉中背の袴姿《はかますがた》の浪人は、ゆっくりと土間へ降りた。左腰に帯びているのは脇差だけである。先端と尾部に鉄筒をつけた棒を手にすると、

「町人づれが武士の持ち物を足蹴《あしげ》にしておいて、詫びただけで済むと思うか」

剝《む》き卵のように凹凸のない顔に、裂けたような小さい一重《ひとえ》の目が光っている。

「そ、そんなに大事なお道具なら、居酒屋なんぞに持って来ずに、家の神棚にでも祀《まつ》っておきゃあいいじゃねえかっ」

相手の眼光に震えながら、三平が言う。

「ほう……ずいぶんと洒落《しゃれ》た口をきくな」

酒乱の気があるのか、飯台《はんだい》の上の徳利の数からすると酔っているはずなのに、浪人の顔は青ざめていた。

「待っておくんなさい、お武家様」

辰吉が、伝助たちを庇うように前へ出て、

「仲間の無礼は、お詫びいたします。どうか、お怒りを鎮《しず》めておくんなさい。この通りでございます」

そう言って深々と頭を下げるのへ、浪人は無言で、右手の棒を叩きつけようとした。

「っ！」

地獄の流人島で五年以上も生き延びてきただけあって、辰吉の動きは素早かった。仰《の》けぞるように跳び下がって、その一撃をかわす。

「わからねえ旦那だなあ」

辰吉の物腰は、堅気《かたぎ》のそれではなくなっていた。

「そんなに棒っ切れ振り回したいんなら、ここでは店の迷惑だ。表に出ようじゃねえか」

匕首など持っていないが、店の脇に立てかけてあった六尺棒を使うつもりの辰吉だ。

「よかろう」

浪人の顔に、残忍な嗤《わら》いが浮かぶ。

「――待て」

その時、一番奥の衝立の蔭から、声がかかった。衝立と同じくらい広く逞《たくま》しい背中を見せて、着流しの浪人者が立ち上がる。

「あ……」

辰吉も、庄太たちも、驚いた表情になる。その浪人者が、鬼熊退治の時に居合わせた秋草右近だったからだ。

「素手の町人を相手にしては、お主《ぬし》の沽券《こけん》にかかわろう」

左手に大刀を下げて、素足に草履を引っかけ、浪人の顔を見つめながら右近は言った。両者の距離は、一間ほどである。

先日、お蝶の料理から逃げ出した左平次は、右近を見捨てたわけではなく、ちゃんと女房のお滝を看病役として派遣した。お滝は「あまり根を詰めて看病していると、姐《ねえ》さんまで倒れちまいますよ。あたしに任せてください」とお蝶を巧みに言いくるめて、料理を作ってやる。まともな粥を食べたおかげで、右近は一昨日あたりから動けるようになった。

今日は、深川の武具屋で遺産相続をめぐる揉め事があり、それを何とか関係者一同の顔が立つように裁いてやって、この店で一息ついていたのであった。

「その町人の名代《みょうだい》として、俺がお相手しようか」

「旦那、横から割りこんで勝手なことしちゃあ困るぜ」

辰吉が文句を言うのを、右近は彼の方には目も向けずに、

「お前は黙ってろ！」

叩きつけるように一喝した。さすがの辰吉も、びくっと全身を震わせる。

「面白い……貴公の方が歯応えありそうだ」

「俺は秋草右近。外へ出て貰おうか」

「よかろう。拙者は、本位田鹿十郎《ほんいでんしかじゅうろう》という」

鹿十郎は右近に背を向けると、入口の方へ歩き出す。右近も、左腰に大刀を落としながら、それに続いた。両者の間が縮まる。

と、いきなり、鹿十郎が振り向きながら踏みこみ、右手の棒を横殴りに右近の首筋に叩きつけた。

が、鉄筒をはめた先端は、何もない空間を横切った。右近が、巨体に似合わぬ身軽さで、左側の座敷の上に飛び上がったからだ。

飛び上がりつつ抜刀し、棒に向かって振り下ろしている。鉄筒にはめこまれた三つの太刀止めの環に刃のない鉄刀《てつがたな》が激突した。

卑怯《ひきょう》な不意打ちが失敗しても、本位田鹿十郎の反応は早かった。手首を返すと、身を屈《かが》めつつ右近の膝を狙《ねら》って棒を振るう。

「むっ」

右近は、さらに跳躍してそれをかわすと、鹿十郎の頭上を飛び越して、土間の卓の一つに乗る。体重のかけ方が絶妙だから、卓は、ことりとも動かなかった。

卓の上の右近と土間の鹿十郎は、そのまま睨《にら》み合った。入道雲のように膨れ上った殺気が、店内に充満する。

まだ両者とも無傷だが、次の一撃でどちらかが血を噴く——と辰吉たちが息を殺し

た時、

「紅葉《もみじ》の旦那、こちらに――」

ひょいと店に入って来たのは、何と鬼熊の熊五郎であった。その場の様子を目にして、凍りついたように立ちすくむ。

「熊、何か用か」

右近から目を離さずに、鹿十郎が尋ねる。

「へ、へい……あの……お呼びで」

「……そうか」

殺気が消えた。鹿十郎は棒を引いて、構えを解いた。

「秋草氏《うじ》、勝負は後日に」

小馬鹿にしたように軽く会釈《えしゃく》して、本位田鹿十郎は居酒屋を出て行った。熊五郎も、辰吉たちの方を気にしながら、あわてて彼の後を追う。

右近は吐息をついて、卓から土間へ降りた。静かに、大刀を鞘《さや》に納める。

「旦那、どうもありがとうございましたっ」

辰吉や庄太たちが礼を言うと、右近は、じろりと彼らを見て、

「お前さんたち、明日も早いんだろう。もう、帰ったらどうだ」

「冗談言っちゃいけません、旦那」

命拾いした庄太が、やけに張り切って、

「助けていただいたお礼に、これからみんなで、ぱーっと……」

「帰れと言ってるんだっ」

右近は雷を落とした。

「俺は、いささか機嫌が悪い。さっさと帰れ」

そう言い捨てると、

「親爺《おやじ》。壊れたものは俺が弁償するから、熱いのをどんどん持って来てくれ」

大工たちに背を向けて、元の自分の座敷へ戻った。辰吉たちは顔を見合わせていたが、仕方なく、不満げに店を出て行く。

新たな徳利を貰った右近は、熱い酒を満たした猪口を、きゅっと空けて、

「ろくでなしが……」

誰に言うともなく、そう呟《つぶや》いた。

4

「旦那、聞きましたか」

「何だ。神田相生町の左平次親分は水火も厭《いと》わぬ好漢だが、白魚料理にはからきし弱

いという噂か」

町内の湯屋の二階で、老人同士がやっている碁を覗きこみながら、右近は言う。

家に内風呂があり、お蝶に背中を流してもらいながらふざけ散らすのもいいが、たまには広い湯につかって、二階座敷で男同士のんびりするのも悪くない。

深川の居酒屋の夜から、五日ほどが過ぎた夕方である。もう、今年も残り少ない。

「まぜっかえしちゃいけねえ」

湯飲みを手にした左平次は、苦笑した。

「それに、白魚の一件は、もう勘弁してくださいよ」

「ふふ、悪かったな。では、付火の一味でも捕まったか。急に金回りが良くなって、付火は金になるとか周囲に吹聴《ふいちょう》してた男がいると言っていたが」

「唐臼《からうす》の源治《げんじ》ですね。あの野郎、どこに隠れたもんか、まるで姿を見せません。……いや、そうじゃなくて、旦那が二度も助けた辰吉って島帰りのことです」

「辰吉がどうした。また、ごろつきでも退治して娘っ子に騒がれたか」

「それが、驚いたことに熊五郎たちとつるんでるそうです」

「何だと」

右近は、左平次の方を見た。真剣な表情になっている。

「何でも、熊五郎の方が、辰吉の男気に惚れたとか言いましてね。辰兄ィ、辰兄ィと持ち上げ、夜になると盛り場を連れ回しているそうで」

「あの鬼熊が……おかしいな」

深川の居酒屋で熊五郎が辰吉を見た時には、そんな様子はなかった。しかも、あの本位田鹿十郎という浪人と熊五郎は付き合いがあり、その鹿十郎が辰吉と揉めたのだから、余計に悪感情を抱きこそすれ、男気に惚れて弟分になるというのは、理屈が合わない。

「最初のうちは辰吉も、酒を飲ませて油断させて仕返しするつもりだろうと警戒していたようですが、根が遊び人だから、今は結構、本人も楽しんでいるようですよ」

「ふうむ」

少しの間、右近は俯《うつむ》いて考えこんでいたが、すっと立ち上がって、

「ちょっと、松島町へ行ってみる」

「辰吉の家ですね、あっしもお供しますよ」

右近たちは、湯上がりの肌を寒風にさらしながら、和泉《いずみ》橋を渡り、松島町の朝顔長屋へ向かった。湿った髪が凍りつきそうだ。

「辰吉でございますか。親分、島から帰って以来、あの子は何も悪いことはしていないんでございます、一生懸命働いております。本当です」

年老いた母親のお紺は、一目で左平次を十手持ちと見抜いて、早口にそう訴える。

生きては戻れぬといわれる八丈島から奇跡的に生還した息子を、二度と手放したくないという親心が、年齢の割りには皺《しわ》の深いやつれた顔に赤い血を昇らせていた。

「いや、御母《おっか》ァ。別に詮議《せんぎ》じゃねえんだ。たしかに辰吉は、悪いことはしてねえだろうよ。ただな、近頃、素性の良くない野郎と付きあってるそうじゃねえか。現に今、家にいないんだろう。熊五郎と出かけたのか」

「は、はあ……」

お紺は顔を伏せる。

「――あの、親分」

隣の障子が開いて、ひょろりと痩せた男が出てきた。額が広く、目鼻立ちが小ぢんまりとして、実直そうな顔つきをしている。

「差し出がましいことを申し上げるようですが、辰さんは辛《つら》い暮らしをしていた島から生きて帰って、その嬉《うれ》しさに、まだまだ足が地についていないんですよ。だから、飲みに誘われたりすると、つい出かけてしまうんです。でも、根っこは真面目な人間だから、もう間違いをしでかすわけがありません。私が請け合いますっ」

「お前さんは？」

「あ、申し遅れました。徳次と申します」

大工の徳次は、ぺこりと頭を下げる。職人なのに、お店者《たなもの》のように柔らかい言葉遣いだった。

「そうか。あんたが棟梁の佐兵衛に談判して、辰吉を再び弟子入りさせたんだってなあ」

「談判だなんて、お願いしただけです。それに、辰さんが筋がいいのは、棟梁も承知してましたから……」

「いえ、何もかも、徳次さんのおかげです」

お紺は脇から言った。

「辰吉が島にいる間、あたしが病気になった時も、徳次さんが親身に看病してくださいました。島から帰った辰吉が寝こんだ時も、徳次さんがお医者様に診せてくれて……本当に、徳次さんがいなかったら、あたしたち母子《おやこ》はどうなっていたか……」

涙ぐんで、言葉が続かなくなる老母である。それを見た徳次が、やさしい声で、

「おばさんは、大袈裟《おおげさ》なんだから。前にも言ったでしょう、私は辰さんに恩があるんですよ。だから、恩返しをしただけです」

「ほほう、どんな恩だね」

左平次の後ろで、黙ってやりとりを聞いていた右近が、そう訊《き》いた。

「はい。私が、ようやく下見板削りをやらせてもらえるようになった時に、うっかり寸法を間違えて、板を何十枚も無駄にしてしまったんです」

その時、辰吉が徳次を庇って、「俺が間違えました」と言い、兄弟子の拳骨を浴びたのだという。

「そういう人なんです。あの時、辰さんが庇ってくれずに、兄弟子に殴られていたら、私は棟梁の家を逃げ出していたかも知れません。そしたら、今みたいに大工渡世で暮らしていられないでしょう。だから、辰さんは大恩人なんです」

それだけのことを恩に着て、ずっとお紺の面倒を見てきたのか――右近は口にこそ出さないが、かなり驚かされた。

「お願いでございます、親分、旦那様。少しは、ふらふらすることもあるかも知れませんが、辰さんは必ず立ち直ります。どうか、長い目で見てやってくださいまし」

そう言って、深々と頭を下げる徳次であった。お紺も、一緒に腰を折る。

「わかった、わかった。もう、頭をあげてくんな」

いささか持て余し気味に、左平次が言う。

「とにかく、俺は、辰吉が鬼熊みたいな奴とつるんでいるのが心配なだけだ。御母ァ、今夜は何処《どこ》へ行くと言っていたね」

「はあ……そういえば、路地の入口のあたりで、熊五郎という人が冬の花火がどうとか言って笑っていましたが……」

「冬の花火だと？　何のことかな」

左平次が首をひねっていると、路地の入口から駆けこんで来る者がいた。

「親分、旦那っ」

左平次の乾分《こぶん》の松次郎《まつじろう》であった。

「捜しましたよ、湯屋で、ここだと聞いて……」

「どうした、血相を変えて」

「へい」

松次郎は声をひそめて、

「唐臼の源治が見つかりました。今、六助《ろくすけ》が見張ってます」

5

「おい、熊！　こいつは、どういうつもりだっ」

辰吉は一同を見回して、怒鳴りつけた。

場所は——護国寺《ごこくじ》近くの廃屋の中。彼を弓形に取り囲んでいるのは、鬼熊こと熊五郎と浪人・本位田鹿十郎、そして熊五郎と同じようなごろつきが三人、彼らの後ろには、二尺もの長さのしころを垂らした気儘頭巾《きままずきん》に顔を隠した、年輩の町人が立っている。

それともう一人、荒縄で後ろ手に縛られた二十三、四のごろつきが、埃《ほこり》っぽく汚れた畳の上に転がされていた。手拭《てぬぐ》いで猿轡《さるぐつわ》をかまされたその男は、恐怖と絶望と苦痛に目を真っ赤に充血させて呻《うめ》いていた。

元は札差《ふださし》の寮だった建物で、座敷から見える広い庭には屋根船が浮かべられるほど大きな池があるが、今は荒れ果てている。

「酔狂《すいきょう》な奴らが集まって、空き屋敷の池に船を浮かべて花火をやるというから、どんなものかと来てみたら……何やら剣呑《けんのん》な雰囲気じゃねえか」

「すまねえなあ、辰兄ィ」

にやにやと小馬鹿にしたような嗤いを浮かべて、熊五郎は言う。

「今夜は空《から》っ風《かぜ》が強いんで、花火は中止だ。その代わり、お江戸を舐《な》め尽くすでっかい火の海をこさえるのさ。その火元は兄貴とこの口の軽い源治、二人が互いに匕首で刺し合って相討ちになり、その時に倒れた行灯《あんどん》の火が火事の原因という筋書きなんだ。島帰りのやりそうなことだと、町方《まちかた》も納得するだろうよ」

なるほど、八畳間の隅には古い布団綿が積み上げられ、灯油を入れた五合徳利が三本も用意してある。

この灯油を古綿にかけて行灯を蹴倒せば、燃え上がった火は容易には消せず、吹き荒れる北西の風にあおられて、紅蓮《ぐれん》の悪魔は百万の人口をかかえた八百八町を焦土と化してしまうだろう。

　木造建築が主体の江戸時代の都市は、火事に対して極端に脆弱《ぜいじゃく》である。

　江戸の三大大火――十万人が死んだ明暦《めいれき》の大火、水戸藩邸も回向院《えこういん》も焼けた天和《てんな》の大火、死者行方不明者が一万九千人近い明和《めいわ》の大火のうち、先の二つは、年末年始の北西風の日、江戸の北側を火元にしている。

　今宵、音羽《おとわ》から出火すれば、大火になる条件は十分であった。

「てめえ……その仕掛けのために、この数日間、俺を兄ィ兄ィとおだてていたのか」

「当たりめえだっ」熊五郎は罵《ののし》った。

「そうでなけりゃあ、誰が、ろくな仕事もできねえ島帰りの半端者なんぞのご機嫌をとるもんかっ」

「く……」辰吉は歯ぎしりしながら、男たちを睨みつける。

「お、俺と源治とかいう野郎が、ここで黒焦げで見つかったところで、身元も成り行きもわからねえぜ」

「ははは、それは心配しなくていいよ」

　でっぷりと太った気儘頭巾の町人が、まるで花見の打ち合わせでもするような穏やかな口調で言った。

「島帰りという格好の下手人と酔って私たちの計画を漏らした源治を始末して、その死骸《しがい》は庭の池に沈めておく。火事になったんで、二人とも傷口から血を流しながら、最後の足掻《あが》きで池まで這《は》っていったというわけだ。どんな大火になっても、あの池の水が干上がることはあるまいから、ふやけたとしても顔が判別できる形で見つかるだろう。いや、勿論、その前に、お前さんと源治が争っているのを見た――と火元を捜している町方に熊五郎がご注進するのだがね」

「てめえは黒幕らしいが、何のためにこんな大それた真似を……むむ、ひょっとして材木問屋の主人かっ」

「ははは。一月も前から浅草界隈《かいわい》で何度も小火《ぼや》を出しておいて、皆の注意をそっちにそらせておき、今夜、この音羽から出火すれば町方も火消したちも虚《きょ》を突かれるだろう」

辰吉の問いには直接答えず、町人は自慢げに話す。

「大火事で家が焼ければ、材木問屋はいうに及ばず、葬儀屋も大工も建具屋も呉服商も小間物屋も薬屋も古鉄買いも、みんな商売繁盛だ。職人の手間賃は上がるし、空屋はふさがる、借金証文が燃えてしまえば借りていた連中も喜ぶ、火事は江戸の華《はな》というが、その通り、大火で皆が潤《うるお》うんだ。付火といっても、その実は人助けさ。まあ、運の悪い連中が何万人か死ぬかも知れないがねえ。ははは、は」

腹を揺すって大笑した町人は、ぴたりと笑いを止めて、

「さあ、みんな。さっさと片づけてしまいなさいっ」

冷酷な声で命ずる。

「へいっ」

「おうっ」

熊五郎たちが張り切って匕首を抜くと、じりじりと辰吉に迫る。庭へと逃げる道は、例の四尺棒を手にした本位田鹿十郎が塞《ふさ》いでいた。

素手の辰吉は、絶体絶命であった。源治が猿轡の奥から、女のような悲鳴を漏らす。

「――おい」

庭の方から、ずしりと腹に響くような声がかかった。皆が一斉に振り向くと、着流しの裾《すそ》を寒風に嬲《なぶ》られながら、秋草右近が靴脱ぎ石の前に立っている。

「本位田の旦那。勝負は後日と言っていたろう。今夜、この場でどうだい」

鹿十郎の顔に、邪悪な微笑が浮かんだ。

「望むところだ、秋草右近」ゆっくりと縁側から庭へ降りて、

「人斬り屋の不知火《しらぬい》笙馬《しょうま》を倒した男だと聞いたぞ。貴公を斬れば……拙者が、江戸で最強の男ということになる」

「くだらん看板だ」

間合《まあい》を取りながら、右近が吐き捨てるように言う。

「先生っ」

気儘頭巾の町人が、心配そうに叫んだ。

「案ずるな、成田屋《なりたや》。すぐに、決着をつける」と鹿十郎。

「それよりも、この御仁《ごじん》の仲間が隠れているはずだから油断するな」

その言葉が終わらない内に、襖《ふすま》を蹴倒して、左平次たちが座敷へ飛びこんで来た。

熊五郎たちと乱闘になるが、鹿十郎も右近も池の畔《ほとり》で三間の距離をおいて対峙《たいじ》したまま、そちらには目も向けない。

鹿十郎は軀を半身に開いて、右手で中段に構えた四尺棒の先端を右近に向け、

「参れっ」

右近は、腰の鉄刀を抜いた。こちらも、中段に構える。

ややあって、鹿十郎の方が一気に間合を詰めて来た。片手突きに右近の喉元を狙う。

右近は、四尺棒を左へ引《ひ》っ払《ぱら》って、上段から相手の肩口へ鉄刀を振り下ろした。

が、くるりと棒が回って鉄筒をはめた尾部――すなわち石突《いしづき》が、右近の鳩尾《みぞおち》を狙う。

右近は跳び退がって、危うく、それをかわした。鹿十郎は、さらに踏みこんで、間合から外れているにもかかわらず、四尺棒を振り下ろす。

不吉なものを感じた右近が、さっと横へ跳ぶと、彼の足が直前まであった地面に、長さ一寸、直径が半寸ほどの鉄製分銅《ふんどう》がめりこんだ。

その分銅には三尺の鎖《くさり》がついており、四尺棒の内部に繋《つな》がっている。

「乳切木《ちぎりぎ》か……」

右近は唸《うな》った。

鎖分銅を仕込んだ棒——乳切木と呼ばれる隠し武器だ。四尺から四尺二寸ほどの丸棒の先端に太刀受けの環のある鉄筒をはめて、先端に分銅を装着する。鎖は、棒の内部の空洞に収納されている。

敵が四尺の武器と思って攻撃して来るのを何合か受けてから、不意に鎖分銅を振り出すと、間合の外から攻められた敵は避けられないというわけだ。

右近も、乳切木のことは聞いてはいたが、実際に見たのは初めてである。自分の勘を信じて行動していなければ、足の甲を砕かれて動けなくなっていただろう。

「よくぞ、かわしたな」鹿十郎は楽しげに叫んだ。

「相手の刀を叩き折るという貴殿の鉄刀も、この乳切木には役に立たぬ。四尺の棒に三尺の鎖で、合計七尺。変幻自在の七尺の鎖分銅に、その鉄刀で勝てるか、秋草右近っ」

ひゅんひゅん……と鎖分銅を回転させながら、本位田鹿十郎は袴の裾をひるがえして右近に迫る。

右近は、後退するしかなかった。間合を詰めれば、分銅を叩きつけられるか、鉄刀に鎖を絡めて奪い取られる怖れがある。分銅をかわして、相手の懐に飛びこもうとすれば、棒の先端や石突で攻撃されるのだ。

（どうする……秋草右近！）

自問自答した右近は、ふと、この秋に谷中の切り通しで闘った井坂主水《もんど》のことを思い出した。主水は、鉄鞭《てつべん》を南蛮《なんばん》剣法のように片手で遣《つか》っていた……。

「……」

右近は半身になり、主水がそうしたように、肘を伸ばした右手だけの片手構えで鉄刀を突き出す。

「それで斬撃《ざんげき》の距離を伸ばしたつもりかっ」

嘲笑《あざわら》いながら、鹿十郎は乳切木を打ち振って、鉄刀に鎖を絡める。奪われまいと、右近は鉄刀を引いた。

が、鹿十郎は間合を一気に詰めて、両手で棒を握りしめ、ぐっと鎖を引く。

その瞬間、右近は逆に、鉄刀を相手に向かって放った。

「うっ⁉」

鉄刀が胸にぶつかり、鹿十郎の体勢が崩れた。

その時には、右近は左手で脇差を逆抜きして、右斜め前方に転がっている。転がりつつ、鹿十郎の脇腹を脇差で断ち割っていた。

一回転して立ち上がった右近と、左脇腹から血と臓腑をばらまきながら鹿十郎が、同時に振り向いた。

「ぬぉぉぉぉっ！」

最後の気力を振り絞り、乳切木の石突で右近の顎を割ろうとした鹿十郎の頭部に、右近が脇差を振り下ろした。頭頂部から胸元まで縦一文字に断ち割られた本位田鹿十郎は、乳切木を落とすと、朽ち木のように池に倒れこむ。

「仰《おお》せの通り……鉄刀ではなく、脇差で勝たせてもらったよ」

そう呟いて、鉄刀を拾い上げる。

この寒風吹きすさぶ中で、右近は全身にどっぷり汗をかいていた。人を斬りたくはないが、斬らずに済ませることができるほど甘い相手ではなかったのだ。

廃屋の方では、左平次たちが、辰吉も加勢して、何とか五人の悪党と一人の阿呆を捕縛したようである。

6

右近は徳利を持ち上げて、

「飲むか」

辰吉に訊いた。

「へい」

神妙に、辰吉は両手で猪口を差し出す。そいつに酌をしてやってから、右近は、彼が猪口を干すと、

「お前、あの時、どうして鬼熊に土下座しなかった」

「は……?」

「辻講釈で、韓信《かんしん》の股《また》くぐりの話は聞いたことがあるだろう。本当に強い男は、一時の恥を怖れぬものだ。堅気の男ならばな」

「………」

辰吉は下を向いてしまう。音羽の廃屋での捕物から、三日が過ぎて、明日はいよいよ大晦日《おおみそか》という夜だ。

町奉行所の取り調べを受けた辰吉は、一応、左平次親分の預かりという形で、右近の家にいる。知らなかったとはいえ、放火の一味に関係した辰吉に、どういう判決が下されるか、それはまだわからない。

「お前は勘違いをしている。地獄の流人島で生き抜いたことを、心の奥では何か手柄のように思い、そんな経験をしていない堅気の人間を軽く見ているだろう」

「いえ、そんな……」

「お前はろくでなしだっ」

弓の折れで一撃するように鋭く、右近が言い放った。

「だが……俺もそうさ。俺もお前も、ろくでなしだ」

「……？」

きょとんとした顔で、辰吉は右近を見つめる。

「この世の中はな、毎日、汗水垂らして働いている人たちによって成り立っている。俺たちが米を喰い、魚を喰い、着物を着て、草履を履き、雨露をしのげるのは、真面目に稼業に励んで家族を養っている人たちがいればこそだ。本当に偉いのは、そういう人たちだ。腕っ節が強かったり、剣術が優れているからといって、堅気の人々よりも偉いわけでは決してないのだぞ」

右近は、酒で唇を湿してから、

「そんな俺もお前も、成田屋や本位田鹿十郎のような悪党が現れた時には役に立つ。だが、それは、その時だけのことさ。ろくでなしは所詮、ろくでなしだ。真面目に働いている堅気の人間に寄生しているだけだ。徳次のような人間に、な」

「………」

「お前が博奕をやって遊びまわり、八丈に送られて流人同士で争っている間、徳次は大工の腕を磨き、お前の母の面倒を見ていた。お前はその徳次に、心から礼を言ったことがあるのか」

「……いえ」

消え入りそうな声で、辰吉は答える。

「俺のようにろくでなしのまま生きるか、かなわぬまでも日々精進して徳次のような立派な大工になるか、とっくりと考えてみろ」

「……」

肩を窄《すぼ》めた辰吉は、顎を胸の中にめりこませるほど深く俯いている。

「――御免下さいまし」

玄関の方で声がした。お蝶が出て行って、二人の客を居間に通す。棟梁の佐兵衛と
徳次であった。

「秋草様。この度は、うちの者が大層ご厄介をおかけしまして、お詫びの言葉もござ
いません。すべて、この佐兵衛の至らぬためでございます。ご勘弁下さい」

太い眉《まゆ》まで半白髪の佐兵衛は、右近に丁重に挨拶してから、

「失礼ながら、実は、表でお話を聞かせていただきました」

「そいつは困ったな」右近は苦笑した。

「本当は、俺も他人に説教できるような柄じゃない。お恥ずかしい次第さ」

「いえ、いいえ。ありがたいお話で」

佐兵衛は生真面目にそう言って、辰吉に目をやり、

「どうだ、辰吉。お上《かみ》のお許しが出たら、大工の修業に戻るか。それとも、肩で風を切って歩く生き方が望みか」

「棟梁っ」辰吉は両手をついて、

「石に齧《かじ》りついてでも、一人前の大工になりたいと思いますっ、使ってやって下さいっ」

それまで黙って控えていた徳次も、

「お願いします、棟梁っ、辰さんを……」

それを聞いた佐兵衛は、にっこりと笑って、持っていた風呂敷包みを開いた。

中から取りだしたのは、綿入れ半纏であった。そいつを広げて、

「さ、辰吉。おめえの半纏だ」

「棟梁……」

受け取った辰吉は、肩を震わせる。

「初めて普請場に入った時、おめえは目を閉じて息を吸い、懐かしそうに木の香を楽しんでいたっけな」と佐兵衛。

「あれを見た時に、わしは、おめえが立ち直ることができると信じたよ」

「と、棟梁……っ！」

半纏を握りしめて、辰吉は男泣きに泣きだした。

「良かったな、辰さん、良かった」

そう言って貰い泣きする徳次の手を握って、辰吉は礼を言う。襖の向こうで、お蝶もすすり泣きをしていた。

微笑を浮かべた右近は、閉じた障子の向こうの庭を見透かすようにして、

「降ってきたようだな」

「雪ですかい」

棟梁も、障子の向こうの気配をさぐる。

「積もるかも知れん」

右近は、佐兵衛に猪口を差し出した。

「今夜は飲み明かそうではないか、なあ、棟梁」

幕間――愛哀《あいあい》包丁

登場人物
秋草右近（浪人者）
左平次（岡っ引）

時　徳川十一代将軍家斉の治世、師走の夕刻。
所　江戸・嬬恋稲荷の前。

正面に、大きな柳の木が一本立っている。

その幹の陰に巨軀《きょく》を潜めるようにして上手の方を窺《うかが》っているのは、萬揉め事解決屋稼業の浪人、秋草右近。

下手から、神田相生町の岡っ引・左平次が来ると、右近の姿を見て、背後から声をかける。

左平次　あれ、右近の旦那じゃありませんか。こんな木の陰の吹きっさらしで、何をなさっているんで。

右近　（団扇のように大きな手で、あわてて左平次の口をおさえて）しっ、静かにしろ、親分。

左平次　（目を白黒させて、うなずき、右近の手を外してもらう）すいません。ははあ、旦那。萬揉め事解決屋のお仕事中で、誰かを尾行《つけ》てなさるんですね。で、相手は強請《ゆす》りたかりのごろつきですか、それとも岡惚《おかぼ》れ野郎の刃傷沙汰《にんじょうざた》ですか。及ばずながら、この神田相生町の左平次もお手伝いしますぜ。いざとなりゃあ、こいつに物を言わせて——（と、懐の十手を見せる）。

右近　いや、そういう荒事《あらごと》ではないのだ。

左平次　荒事じゃねえ、と——（ふと、右近の視線の方向に目をやり）あれ、ここからだと、旦那の家のお勝手が丸見えですね。おやおや、お蝶姐御《あねご》が夕飯の支度をしてらあ。美人は得だね。何をしても画《え》になる。手拭いを姐《あね》さんかぶり、袂を帯にはさんで、惚れた旦那のために包丁を握る——大きな声では言えねえが、元は〈竜巻お蝶〉の渡世名《ふたつな》を持つ掏摸《すり》だったとは、とても思えねえ。

右近　うむ——。

左平次　（にやにやとして）旦那も、ずいぶんと、いや、ははは。惚れた女が料理をする姿を、そっと覗き見とはねえ。まるで、初《うぶ》な若旦那だ。互いにお熱いこって。へい、ご馳走様。

右近　（にこりともせずに、憂鬱そうな表情で）親分——あれは料理か。

左平次　へえ（と、お蝶を見つめて）。わわっ、大根と牛蒡《ごぼう》を皮も剝《む》かねえで、そのまんま出鱈目《でたらめ》に切って鍋に——う、味噌を溶きもしねえで塊のまま入れちまった。お次は——あれあれ、醬油を入れてどうするんだ、そこへ。（身を乗り出すようにして）味見して、首をひねってるよ、当たり前だ。十日間飲まず喰わずの野良犬だって、そいつを一口喰ったら首をひねるぜ。お——塩を入れたよ。入れましたよ、湯吞みに半分もあったかな、凄い量だ。また、味見を——なぜ、頷《うなず》くんだ。え、その満足そうな顔は何なんだよ、姐御。そいつは、喰い物じゃねえ。前から、どうして、いつも、あんな毒殺未遂みたいな料理になるのか不思議に思っていたが、あんな絡繰《からく》りがあるとはなあ。（右近の方を向き、真剣な顔で）旦那、いけません。姐御には気の毒だが、あれだけは口にしちゃいけませんよ。いえ、味見しなくたってわかります、鴆毒《ちんどく》よりも危険ですよ、あれは。いくら鬼神をもひしぐ強さと評判の秋草右近でも、あれには勝てません。口にしたが最後、三途の川で櫓音を聞くはめになりますよ、ええ。裏庭に穴を掘って、そっから首だけ突き出しても、金輪際、命が助かるとは思えねえ。

右近　（深々と溜息をついて）お前もそう思うか。

左平次　思いますとも。それにしても、おかしいな。世の中には古草履みてえな舌をしていて、旨《うま》いも不味《まず》いもさっぱりわからねえって奴がいますが、お蝶姐御はそうじゃねえでしょう。前に八百善《やおぜん》に行った時なんか、ちゃんと料理の味がわかってたじゃないですか。それがどうして――。

右近　いや、親分。食べて味わうのと、己《おの》れが作るのは、これは別ものだよ。

左平次　へえ、そうですかねえ。

右近　芝居の見巧者《みごうしゃ》だからといっても、自分が舞台に立って名演技ができるわけではない。それと同じさ。旨いものを旨いと感じることはできても、いざ、自分が作ると、何が何だかわからなくなるんだろう。

左平次　あっしは女房が寝こんだ時にお粥ぐらいしか作ったことがねえから、よくわからないが、そんなもんでしょうか。

右近　親分、お蝶の元の稼業は何だ。

左平次　へえ、さっきも申し上げましたが掏摸、あいつらの言葉でいえば懐中師《ふところし》、他人様《ひとさま》の懐のものを、こっそりと抜き取る裏稼業です。

右近　その通りだ。その掏摸に一番大事なものは何だろう。

左平次　（考えて）度胸、素早さ、軀の柔らかさ——ですかねえ。
右近　無論、それも大事さ。だが、最も重要なのは、指先の敏感さだ。
左平次　あ、なるほど。
右近　掏摸は、その元締《もとじめ》に子供の時から業《わざ》を仕込まれるのだそうだ。そして、絶対に水仕事や力仕事はしない。指の先が荒れないようにだ。だから、贅沢な話だが夏でも湯で顔を洗う——お蝶がそう言ってたよ。
左平次　ははあ。つまり、掏摸修業のおかげで、並の娘が母親に教えられるようなお勝手仕事を一切やってこなかったんですね。それで、お蝶姐御は、今になっても煮炊きも味付けもできないってわけですか。たしかに、吉原でも、最初から華魁《おいらん》候補の上玉の娘には、手を荒らさねえように、家事も炊事もさせないと聞いたことがあります。でもね、旦那。命あっての物種だ。お前の料理は不味くて喰えない——そう言ってやった方が、本人のためだし、旦那のお軀のためでもありますよ。
右近　（思い入れの間）——親分。（しんみりとした口調で）正道を踏み外した者は誰でもそうだろうが、あいつは不幸な女でな。生みの母にも育ての母にも、ずいぶんとひどい目にあわされたらしい。その挙げ句、行き着いた先が掏摸稼業だよ。それでも、足を洗ってからは一生懸命、俺のようなろくでなしに尽くしてくれる。根が器用だから、針仕事なんかは実に上手い。掃除も洗濯も、実に丁寧だ。料理くらい苦手でも仕方ないと思わないかね。
左平次　旦那――。
右近　あれでも毎日、献立に頭を悩ませながら、俺のために料理を作ってくれるんだ。俺は何も言えないよ。娘時代にお勝手仕事を仕込まれなかったのは、あいつの罪じゃない。俺が文句を言えば、あいつが自分の過去を悔やんで悩むだけだ。そいつは可哀相だろう。
左平次　旦那。（感極まって涙すら浮かべている）旦那は偉《えれ》えや。漢《おとこ》だね。惚れ直しましたよ。この左平次、旦那のためなら矢玉《やだま》も怖《こわ》くねえ。いつでも、命を差し上げますぜ。
右近　ありがとうよ、親分。（さりげなく左平次の腕をとって）では、行こうか。
左平次　へ（呑みこめぬ様子）。
右近　お蝶の料理も出来たようだ。うちで晩飯を喰っていってくれ。
左平次　（顔色を変えて）旦那、そ、それは――。
右近　矢玉も怖《おそ》れぬ――か。ありがたい、親分のような男を江戸っ子というのだろうな。
左平次　（片手拝みで）勘弁しておくんなさい、旦那。矢でも鉄砲でも何でも来やがれのあっしだが、作るところを見ちまったからには、あの料理だけは――。

右近　（怪力で軽々と左平次を引きずりながら）安心しろ。酒は、良いのがあるそうだ。腸《はらわた》の消毒にはなるだろう。

左平次　（引きずられながら）そんな馬鹿な――旦那、旦那ってば――旦那ッ。

二人の姿、上手に消える。

玄関で彼らを迎える、お蝶の明るい声が聞こえて――。

（幕）

第六話　お天道《てんと》さま

1

青く冷たく冴《さ》えきった正午前の空に、高々と立てられた梯子《はしご》が四本。その天辺《てっぺん》で四人の若者が、梯子に足先を引っかけただけで小手《こて》をかざした〈遠見《とおみ》〉の姿勢で、ぴたりと静止した。夥《おびただ》しい数の見物人の間から、さかんに歓声が上がる。

町火消し・八番組の新春恒例行時——出初《でぞ》めである。

八代将軍吉宗《よしむね》の時代——享保《きょうほう》三年に、町火消しは設置された。

その二年後に、大川以西の江戸内府をおおよそ二十町ごとの四十七組に分割し、これに〈いろは四十七文字〉をあて、さらに〈へ・ら・ひ・ん〉の四文字を〈百・千・万・本〉に入れ替えて、い組・ろ組・は組……という呼称で再編成された。

そして、享保十五年一月には、四十七組を一番組から十番組までに振り分けた。それからも何度か編成変更があり、十一代将軍家斉治世の今では、全部で八番組、総勢一万人以上となっている。

その町火消し一万人、正月二日には江戸中で一斉に出初めが行われ、梯子乗りの妙技が演じられるのだ。

ここ下谷広小路には、十番組に属する〈ほ組・か組・わ組・た組〉の四組が集合していた。ほ組は浅草平右衛門《へいえもん》町などを、か組は神田佐久間《さくま》町などを、わ組は湯島天神町などを、た組は本郷《ほんごう》などを受け持っている。

「わあ、凄《すご》い凄いっ」

今年で二十一のお蝶は、小娘のようにはしゃいで、

「ねえ、旦那。旦那も飛び入りで昇らせてもらったら？　あたし、旦那の梯子乗りがみたいな」

「何を正月から馬鹿なことを言ってるんだ、お前は」

秋草右近は渋面《じゅうめん》になって、

「あんな真似は、普段から高い場所で仕事をしている鳶《とび》の者が、さらに稽古《けいこ》を積んでるからできるんで、素人にできるものか。それに、俺は高い所は苦手だ」

「へえ……旦那にも出来ないことがあるのねえ」

掏摸《すり》稼業から足を洗って、右近に一途に尽くしているお蝶は、皮肉や揶揄《やゆ》ではなく本心から不思議そうに、そう言った。お蝶にとっては、右近は初めての男であるとともに、この世で最も尊敬できる人物なのだ。

「変なことに感心していないで、ほら、見ろよ、秀次の晴れ姿を」

右近は、鯱《しゃちほこ》立ちをしている若者を見上げた。秀次は吉五郎という親方の身内で、わ組に属している。彼らが日暮里の顔役と揉《も》めた時に、右近が仲裁してやったことがあるのだ。

出初めに使われる梯子は、高さ七メートル半、材料は真竹で直径が一定のものを使う。それに甲と呼ばれる横棒を十七本、付けたものだ。

江戸の町家は二階建てまでだから、この梯子の天辺に立てば、町並みを見渡して火事の現場を見つけることができる。

梯子の下部は、十二本の鳶口で支えられていた。上で演技している者と下で支えている者たちの呼吸が合わないと、非常に危険な芸である。

邯鄲《かんたん》夢の枕《まくら》、八艘《はっそう》飛び、吹き流し……と繰り広げられる妙技に、惜しみない歓声が送られると、梯子の先端に巻かれた銅の薄板が、正月の陽光を弾《はじ》いて、きらりと光った。

まことに新春にふさわしい、華やかで男気溢《あふ》れる行事である。

と、右近の視界の隅で何かが動いた。見ると、二十一、二の粋《いき》な格好をした男が、絹頭巾《ずきん》をかぶった裕福そうな老人に、さりげなく背後から近づいて行く。

男は、老人の右横に並ぶと、人の群れが揺れるのを利用して、老人の懐《ふところ》から財布を見事に抜き取った。それを袂に隠そうとした瞬間——右近の大きな手が、男の右腕をねじり上げた。

「いててて、何をしやがるっ」

悲鳴に近い罵声《ばせい》を無視して、右近は老人に、

「爺さん、ほら、この財布はお前さんのだろう」

「あっ、これは……ありがとうございます、ご浪人様っ」

驚きと感謝のあまり、何度も何度も頭を下げる。

「いや、無事に戻って良かった」

そう言った右近は、男の人差し指を左手で握って無造作にへし折ろうとしたが、すぐに右肩をつかむと、くいっとひねった。

鈍い音がして、右近が手を放すと、そいつの右腕はだらりとぶら下がってしまう。肩の骨を外して、脱臼《だっきゅう》させたのだ。

「それで、しばらくは商売になるまい」

「く、くそっ、覚えてやがれっ」

精一杯の虚勢を張ってから、男は左肩で人混みを掻《か》き分けて、逃げ去る。周囲の人々が、どっと笑い声を上げた。

それから、皆の関心は梯子の上に戻った

お蝶は、右近の耳に唇を近づけて、

「旦那……ありがとう」

情愛のこもった声で、囁《ささや》いた。

「――ん」

右近は秀次を見上げたままで、小さく頷《うなず》く。

素っ堅気になったお蝶であったが、それでも、自分の目の前で掏摸《すり》の指が折られたら厭《いや》な気分になるだろう――と考えて、右近はあいつの肩の骨を外すだけにしたのだった。

「あの浪人野郎め……ひでえ目にあいましたぜ、清吉兄《せいきちあに》ィ」

饅頭《まんじゅう》屋の葦簀《よしず》の蔭に入って、右腕を垂らした伊助《いすけ》は、こう訴えた。

清吉と呼ばれたのは、三十前後の大店《おおだな》の番頭のような身形《みなり》の男。長身で、鼻筋の通った美男であった。

「ふん、てめえが未熟だからさ。今、はめてやるから……ほれっ」

「うっ……ああ、助かった」

右腕が動くのを確かめて、伊助は、ほっとする。

「秋草右近……あれが、お蝶の情人《いろ》か。噂《うわさ》通りの凄腕だな。こいつは面白《おもしれ》えや」

清吉の薄い唇に、何とも酷薄な笑みが浮かぶ。

2

「これは、旦那。昨日は年始のご挨拶《あいさつ》にも伺わず、失礼いたしました」

「おっ、左平次親分じゃないか」

出初めの翌日の午後——本所と深川の間に流れる竪川《たてかわ》、そこに架かる二目橋《ふたつめばし》。

その二目橋の本所側の袂で、右近と左平次は出会った。人の良さそうな丸顔だが目に堅気ではない力がこもっている左平次は、神田相生町に住む十手持ちだ。

二人は晴れた空の下で、型通りの挨拶をかわしてから、

「俺は緑町《みどりちょう》の大工の棟梁《とうりょう》のところにお呼ばれだったんだが、親分も年始廻りの途中かね」

少し赤い顔をした右近がそう尋ねると、左平次は苦笑して、

「いえ、これが聞き込みでして……実は元旦早々、柳原《やなぎはら》で死骸が見つかりました」

場所は、神田川の南岸の柳原土堤《どて》の下、筋違橋《すじかいばし》と和泉橋の間にある柳森稲荷《やなぎもりいなり》である。

元旦の正午過ぎ、お参りに来た近所の老婆が、その社《やしろ》の前で二人の男が血まみれで倒れているのを見つけ、半ば腰を抜かしながらも自身番へ届け出ようとした。

その時、柳原土堤の向かいに据えられた屋台で、刻み海苔《のり》のかかった熱い蕎麦《そば》をたぐっていたのが、左平次の乾分《こぶん》の六助《ろくすけ》である。

押し寄せる掛け取りをかわすために、六助は大晦日《おおみそか》の真っ昼間から馴染《なじ》みの岡場所に潜りこみ、妓《おんな》と一緒に夜具の中で除夜の鐘を聞いて、元日の午後にようやく向柳原の塒《ねぐら》に帰る途中だったのだ。

六助は、土堤を這《は》うようにして上がって来た老婆を助け起こして事情を聞くと、すぐに自身番に届けて現場を確保し、相生町の左平次の家に使いを飛ばした。

原則として寺社地は寺社奉行の管轄になるのだが、実際は、岡っ引が直《じか》に事件を扱うことも出来るのだ。

無論、御用聞き同士の縄張りというものは一応あるにしても、最初に手を付けた者に捜査の優先権がある。今回は、六助が現場保存をしたので、縄張りに関係なく、左平次が事件を手がけられるわけだ。

「そういえば、以前に待乳山《まっちやま》の聖天宮《しょうてんぐう》で事件があったときも……」

「ええ。六助の野郎が岡場所帰りに自身番で茶を飲んでたら、あの〈役者殺し〉にぶつかったんです」

二目橋近くの居酒屋で杯を交わしながら、右近と左平次は話しこんでいる。

「六助先生め、岡場所の帰りに何度も大層な事件を拾ってくるとは、大した才能だ。

さすが、遊里探索にかけては定評のある左平次親分の乾分だけのことはある」

「旦那もお口が悪い」

吉原や岡場所通いで女房のお滝と揉めることが多い左平次は、後ろ首を撫でまわして、煮豆に箸を伸ばした。

「で、祠の前に転がっていた二人のホトケですが、これが何と太夫《たゆう》と才蔵《さいぞう》で」

「ほう、三河万歳《まんざい》の……それは元旦に付きものだが」

三河万歳とは、徳川家康から保護を受けた祝福芸能で、京の土御門《つちみかど》家から発行される証状を持ち、毎年正月に江戸へやって来て麹町《こうじまち》の三河屋などを定宿とし、大名家や旗本屋敷で芸を披露する。

主の演者を太夫と呼び、供の演者を才蔵という。太夫は麻の素襖《すおう》に平袴、腰に二刀を差して扇を持っている。才蔵の方は、素襖の着流しで、鼓を持つ。

この二人で出入りの屋敷を訪れ、新年の祝いを述べ、四半刻から半刻ほど舞って歌って笑わせて、初穂料を貰うのが三河万歳なのだ。

報《しら》せを受けた左平次は屠蘇《とそ》の酔いも吹っ飛び、現場へ駆けつけた。土御門家の証状こそ持っていなかったが、二人の衣装からして町家の軒先廻りではなく、大名武家廻りの正式な万歳であろうことは、容易に想像できた。

すぐに三河屋の者を呼び寄せて、ホトケを見てもらうと、やはり、昨年の暮れから逗留《とうりゅう》している彦太夫《ひこだゆう》と千代丸《ちよまる》という才蔵だとわかった。今朝、二人が出かける時には、何も変わったところはなかったという。

太夫の差していた大小二刀は竹光《たけみつ》で、無論、これが凶器ではない。四十前の彦太夫の手には匕首《あいくち》が握られており、三十過ぎらしい千代丸の近くにも、別の匕首が落ちていた。

二人の刺し傷は互いに数ヶ所ずつで、傷口も匕首のものである。素人が見れば、互いに相手を刺して相討ちになったという図なのだが……。

「修羅場をくぐり抜けてきた渡世人か何かならいざ知らず、ただの万歳の太夫と才蔵が、互いに相手を何度も突き刺すなんて根性の据わった真似ができるわけがない。それに、傷口をよく調べてみると、二人とも致命傷となった胸の傷以外は、死んだ後に刺されたもののようでした」

「なるほど」と右近。

「つまり、下手人……下手人たちは、二人を一突きで殺しておいて、それから、喧嘩《けんか》で殺し合ったように偽装したわけだな」

「へい。大体、これから仕事をする万歳師が匕首なんか持ち歩くわけがありません」

「うむ……初穂料目当ての殺しかな」

「それが、彦太夫の出入り屋敷を尋ねて廻ったんですが、今年はどこも来ていないというんです。だから、所持金は大したことなかったはずで」

それに、金目当ての殺しなら、わざわざ偽装をする必要もないわけだ。宿の者や他の万歳にも訊《き》いたが、仕事仲間の恨みという線も浮かんでこない。

「こういう場合、金でも怨恨《えんこん》でもなければ色がらみと考えるのが、あっしらの常道で」

「しかも、その方面は親分の独壇場だ」

「もう、勘弁しておくんなさいよ。まあ、それで……深川の北森下町《きたもりしたちょう》にいる文字若《もじわか》という踊りの師匠が、どうも彦太夫の情婦《いろ》らしいというので、さっき、訪ねてみたんです」

「どうだったね」

熱燗《あつかん》の酌《しゃく》をしながら、右近が訊く。

「いえ、これが煮ても焼いても喰えない立派な酔っぱらいでして。彦太夫が殺されたぞと言うと、だったら香典を持ってこいと罵《ののし》る始末で……」

近所の者に訊くと、数年前までは男出入りも激しかったが、今の文字若は酒乱で弟子もみんな逃げ出し、近頃では訪ねてくる男もいないという。

煙草《たばこ》屋に奉公している一人息子が、この酒乱師匠の面倒をみているそうだ。

大年増の熟れた色香で売った数年前ならともかく、今ではとても、万歳殺しに関わり合いがあるとは思えない。

「そんなわけで、調べは行き詰まりました。どうでしょう、旦那。お知恵を拝借できませんか」

「いや、俺にも見当がつかんよ」

あっさりと右近は降参した。

「万歳なんぞ殺して、喧嘩に偽装して、誰に何の得があるのか……どうだ、いっそ太《だい》神楽《かぐら》か獅子舞の芸人でも当たってみちゃあ」

「ははあ」

左平次も、浮かない表情になった。

しばらく飲んでから外へ出ると、風が冷たい。路地には、年末に降った雪が白く解け残っている。

「親分、歩いて帰るのも難儀だ。舟で行こうぜ」

「そうですね」

折良く、居酒屋の前の小さな桟橋に屋根船が舫《もや》っていたので、それに乗りこむ。

堅川を進み、尾上《おのえ》町から大川へ出た屋根船は、右へ曲がった。両国橋の下をくぐり抜けて、神田川の河口へ向かうのである。

「おい、船頭っ」

細く開いた窓障子の間から、外を見ていた右近が、ただならぬ声を上げた。

「そこの橋脚に寄せてくれ、そこだ」

「どうかしましたか、旦那」

「あれを見ろ、親分」

左平次が窓障子を開くと、橋桁《はしげた》に筵《むしろ》にくるまれたものが引っかかっているのが見えた。筵の端から、黒い糸の塊のようなものがのぞいている。髪の毛であった。

3

金龍山浅草寺《きんりゅうざんせんそうじ》——風雷神門から仁王門までの一町十数間の参道の両側には、沢山の店々が軒を連ねていた。いわゆる仲見世《なかみせ》だ。

右近と左平次が二目橋の袂で出会った頃、一人で奥山《おくやま》の観世物《みせもの》を見物してまわった帰りのお蝶は、その仲見世を冷やかしながら歩いていた。

常でも参拝客の多い浅草寺だから、正月二日とあっては、まさに芋《いも》の子を洗うような混雑ぶりである。年頭の稼ぎ時だから、店々の呼びこみも弥《いや》が上にも熱が入り、喧《けん》噪《そう》をさらに増幅させていた。

（旦那は夕方までに帰ると言ってたから、あたしも、そろそろ戻らないと……）

そう思いながらも、そこは女だから、小間物屋の店先に来ると自然に足が止まってしまった。特に、簪《かんざし》が並んでいる平台には、どうしても目が引き寄せられる。羽二重《はぶたえ》でこしらえた梅の花を飾ったつまみ簪を、お蝶が熱心に見ていると、いきなり、斜め後ろから伸びた手が銀簪を取り上げて、

「こっちの方が今のお前には似合うぜ、お蝶姐御《あねご》」

身を退《ひ》きながら、さっと振り向いたお蝶は、そこに立っている痩身《そうしん》の男を見て、

「兄《あに》……さん」

次の言葉が出てこないほど驚いた。

「久しぶりだなあ。もう、四年にもなるか」

清吉は小間物屋の親爺《おやじ》に「つりはいらないよ」と言って金を渡し、まだ驚愕《きょうがく》から立ち直れないでいるお蝶の髪に、その銀簪を差してやった。飾りの部分は、風車になっている。

「あ、でも、こんな……」

「いいってことさ。まあ、茶でも飲もうじゃねえか」

左手をお蝶の背中におくと、女を扱い慣れているのだろう、強くなく弱くなく絶妙の力加減で押す。お蝶は考えるよりも先に、歩き出していた。

風雷神門を出た清吉は、門前町の腰掛け茶屋の前を平気で通り過ぎて、何も言わずに料理茶屋へと入り、二階へ上がった。

角の座敷へ案内されると、酒と料理を頼み、旨《うま》そうに煙草を喫《す》いながらお蝶を眺めて、

「それにしても、綺麗になったものだ。いや、前から別嬪《べっぴん》だったが、今のお前には何ともいえぬ艶《つや》がある。どうやら男を識《し》ったらしいな、お蝶」

「あたしも二十一ですからね、いつまでも小娘のままじゃない」

少し切り口上に、お蝶は答える。突然の再会の衝撃から、ようやく立ち直ったらしい。

「昔は、色の黒い炭団《たどん》娘、黒くて痩《や》せっぽっちの牛蒡《ごぼう》娘といって苛《いじ》めたくせに」

「ははは、よく覚えているな。勘弁しろ。炭団は煮《に》炊《た》きに使えるし、牛蒡は軍鶏《しゃも》や蒟《こん》蒻《にゃく》と煮ると旨《うま》い。ありゃあ、誉《ほ》め言葉だよ」

清吉は、笑みをまじえて巧みに弁解した。

「兄さんは、いつ江戸へ戻ったんです」

「半年ほど前さ。やっぱり俺も江戸者だ、贅六《ぜえろく》の喰いものは舌に合わねえ」

この男――〈折羽《おりは》の清吉〉の異名を持つ懐中師《ふところし》である。かつては、〈竜巻お蝶〉の兄貴分であった。

――お蝶は、日本橋長谷川《はせがわ》町の銅物《かなもの》商・河内屋善兵衛《かわちやぜんべえ》の娘である。しかし、正妻の子ではない。入婿の善兵衛が十四歳の下女・お仲《なか》に手をつけて生ませた、妾腹《しょうふく》の子

である。

下女の妊娠が発覚すると、家付き女房のお辰《たつ》は怒り狂い、お仲はすぐに暇を出されて親元へ帰された。

が、可愛《かわい》い女の子が生まれると、善兵衛夫婦にはいつまでも子供が出来ないことから、お辰も考えを改めて、その子を河内屋に引き取ることにした。無論、お仲に五十両の手切れ金を払い、お蝶とは一切の縁を切る――と約束させてである。

美しい顔立ちで利発なお蝶を、意外にもお辰は裏表なく可愛がり、世間の者も「なさぬ仲の子をあのように立派に育てて……河内屋のおかみさんは、よく出来た人ですな」と褒《ほ》めそやしたものである。

しかし、お蝶が八歳の時に善兵衛が流行病《はやりやまい》で急死し、お辰が遠縁の文造《ぶんぞう》と再婚したことで、お蝶の運命は変わった。

二人目の年下の夫を迎えたお辰が、すぐに身籠《みご》もったのである。しかも、翌年に生まれた子供は、待望の男の子であった。

お蝶が前の主人の血を引いているといっても、善兵衛は所詮《しょせん》、入婿である。それに対して、今度生まれた兼吉《かねきち》は紛れもなく家付き娘のお辰の血筋。

心の奥の奥に長年の間封印《ふういん》されていた黒いものが開け放たれたのか、お辰は人が変わったように、お蝶に辛《つら》く当たるようになった。

冷静に考えれば、家業を継ぐのは長男の兼吉なのだから、腹違いの姉のお蝶を邪魔にする必要は少しもないのである。お蝶が年頃になったら嫁に出して、さりげなく疎《そ》遠《えん》になれば済む話だ。

だが、前の夫の血を引く娘は将来の財産争いの種になると思ったのか、お辰はひたすら、お蝶を虐待した。義父の文造も、お蝶を下働き同様にこき使う。

主人夫婦がそういう態度だから、「お嬢さん、お嬢さん」と奉《たてまつ》っていた奉公人たちも、お蝶を見下すようになった。九歳の少女は、極楽から地獄へ突き落とされたようなものである。

だが、お蝶は芯の強い娘であった。

冬の水仕事で、鞠《まり》より重い物を持ったことのない手にあかぎれをこさえても、少しも弱音を吐かずに働いた。いつか、また、お辰が優しい母親に戻ってくれる日が来ることを信じていたのである。

お辰は、少女の健気《けなげ》な忍耐心に、逆に恐怖を感じたのだろう。閨《ねや》で、二歳年下の文造に足を絡めながら、

「あの娘は何を考えているのか、わからない。ひょっとしたら、付火《つけび》でもして、私たちを焼き殺す気なのでは」

「まさか、そんなこともあるまいが」

「気味が悪いから追い出したいんですよ。だけど、ただ追い出したのでは世間体が悪い。あの娘が勝手に飛び出してくれると、都合が良いのだけれど」

「それは難しいだろう」

年上の女房の豊かな乳房をまさぐりながら、文造は熱のない口調で言う。男として、閨で女の愚痴を聞かされるのはたまらない。

「夜もろくに眠れないほど仕事を押しつけてるのに、ちっとも音を上げないほど強《こわ》い娘だもの」

「だからさ、お前さんが――」

4

「何だって……」

文造は仰天した。

お辰は「お蝶を手籠《てごめ》にしろ」と彼に命じたのである。つい、この間まで、お蝶の成長を慈愛に満ちた笑顔で見守っていた女の口から出る言葉とは、とても思えぬ。

しかし、入婿である文造の立場は弱い。入婿になる前から囲っている女のために、店の金をくすねているという弱みもあり、妄執にとらわれたお辰の命令を拒むことはできなかった。

ある初冬の夜に、納戸で泥のように眠りこんでいるお蝶を、文造は襲った。人道を踏み外した義父が無理矢理に幼い下肢を開こうとすると、お蝶は手負いの獣のように猛烈に抵抗した。そして、棚の大皿をつかむと、無我夢中で文造の頭に叩きつけたのである。

ぎゃっ、と悲鳴をあげて、文造は仰《の》けぞった。そして、「お、親を傷つけやがったな、お前は死罪だ、磔《はりつけ》だっ」と血の噴き出す額を押さえながら、喚《わめ》いたのである。

お蝶は、勝手口の下駄をつっかけて店を飛び出した。そして、寒さに震えながら夜の江戸を歩いて、本所の押上《おしあげ》村にあるお仲の家に辿《たど》り着いた。

どうして、お蝶が実母の家を知っていたかというと、生前に一度だけ、父の善兵衛がお辰に内緒で連れて来てくれたことがあったのである。

夜中に叩き起こされたお仲は、おそろしく不機嫌だった。数年ぶりで再会した実の娘を見ても、優しい言葉一つかけるでもなく、胡散《うさん》くさそうな目つきをするだけであった。

この時には、百姓をしていたお仲の両親――つまり、お蝶の祖父母は、すでに病没している。

お蝶が涙ながらに話す事情を黙って聞いていたお仲は、「わかったよ。わかったから、もう寝な」とお蝶を自分の夜具に押しこんだ。生まれて初めて実母と一緒に寝られる嬉《うれ》しさと安堵《あんど》で、お蝶はすぐに眠りに落ちた。

翌朝、簡単に朝飯の支度をしたお仲は、それを平らげると、「ちょいと出かけてくるからね」と行く先も告げずに、出て行った。

お蝶は、散らかった家の中をせっせと片づけて、舐《な》めるように丁寧に掃除をした。これから本当の母親と暮らせるのかと思うと、水仕事すら楽しくて仕方がないほどであった。

昼飯刻《どき》には帰るかと待っていたが、お仲は戻って来なかった。ようやく帰って来たのは、夕方近くになってからである。お仲は、酔っていた。上機嫌だった。

「鬼婆ァめ、百両出したよ、百両。お蝶大明神、お前は全く金のなる木だねえ」

早熟なお蝶は、お仲が何をしたのか、すぐに理解することができた。河内屋へ乗りこみ、文造が娘を強姦《ごうかん》しようとしたことを種にして、お辰を脅し、大金を巻き上げてきたのだ。

親殺しは市中引き回しの上で磔、親を傷つけた者、打擲《ちょうちゃく》した者は磔――というのが江戸時代の刑罰だが、無法をしかけたのは養父の文造の方だし、糸を引いたのはお辰である。

このことが明るみに出れば、文造とお辰もただでは済まないし、河内屋の暖簾《のれん》にも傷がつく。だから、お辰は百両の口止め金を払ったのだろう。

　自分の本当の母親はこんな人だったのか——と、お蝶は暗澹《あんたん》たる思いで、泥酔《でいすい》して高鼾《たかいびき》で眠りこんだお仲の姿を見つめるのであった。

　これは、一緒に暮らすようになってから追い追いにわかってきたことだが、十年前に手切れ金として河内屋から貰った五十両が、お仲の人生を狂わせていたのだった。押上村の百姓の娘にとって、五十両は夢のような大金である。それを大事にとっておいて、次の奉公先か嫁入り先を捜すという具合には、いかなかった。

まだ若く、美しく、しかも男女の閨事《ねやごと》の味を知ってしまったお仲は、着物や小間物に金を使い、盛り場を遊び歩くようになったのである。酒の味も覚えた。五十両の金は、二年と持たなかった。

　それから、両親の意見も馬耳東風に、金のある豪農や大店《おおだな》の隠居などを色仕掛けで誑《たぶら》かしては、金を巻き上げるという毒婦の生活を送ってきたのである。両親は、娘の不品行を嘆きながら、四年ほど前に立て続けに亡くなった。

　女だてらに博奕《ばくち》をするようになったお仲は、お蝶の受難と引き替えに得た百両という大金を、たった一年ほどで使い果たした。そして、賭場《どば》で知り合った七之助《しちのすけ》という遊び人を家に引っ張りこみ、お蝶の目の前でも平気で痴態を繰り広げる有様だった。

　七之助に唆《そそのか》されて、もう一度、お仲は、河内屋に金をせびりに行った。が、今度は出入りの鳶《とび》の若い衆に小突きまわされ、散々な目にあって追い出された。悔しまぎれに、お蝶の件を町奉行所に訴え出ようにも、こちらも百両を貰った以上、藪蛇《やぶへび》になる。

「――こうなったら、娘を売り飛ばすしかあるめえ」

晩春の真夜中に、七之助が声をひそめて、お仲に言った。

「俺の知り合いが、女衒《ぜげん》を知っている。色の黒いのが玉《たま》に瑕《きず》だが、お蝶は目鼻立ちも整っているから、高く売れるだろうよ」

「そうだね。あの娘にも、最後の親孝行をしてもらわなきゃ」

隣の座敷で、冷酷な母の言葉を聞いたお蝶は、音を立てないように、そっと家を抜け出した。

義母の家も、実母の家も、お蝶にとって安住の地ではなかった。十一歳のお蝶は、吾妻橋《あづまばし》の欄干《らんかん》にもたれかかって、月光に煌《きら》めく大川の水面を眺めていた。

「――まだ、大川の水は冷たいぞ」

そのお蝶に声をかけたのが、十右衛門《じゅうえもん》という白髪頭の老人であった。十右衛門は、お蝶を駕籠《かご》に乗せて、本郷の家に連れて行った。

その大きな家には、小さな男の子と女の子が七、八人いた。熱い生姜湯《しょうがとう》を与えられて人心地ついたお蝶の両手の指を、十右衛門は、じっくりと調べて、

「うむ……よい指だ。お前には懐中師の素質があるぞ、お蝶」

そう言って、微笑したものである。

木魚《もくぎょ》の十右衛門――懐中師の集団〈梵天組《ぼんてんぐみ》〉の元締である。

懐中師とは、掏摸《すり》のことで、関西ではチボと呼んだ。街道で旅人の金品を狙う道中師《どうちゅうし》と対になる言葉である。

五代将軍綱吉《つなよし》の頃には、江戸には一本組と紫組という二大勢力があり、毎年、正月に腕比べをして、その年の縄張りを決めていたという。他所者《よそもの》や素人が掏摸をやらかすと、彼らが捕まえて、そいつの右の人差し指を斬り落とすという厳格さであった。

だが、今の世では決まった縄張りはなく、大小幾つかの懐中師集団が競合している有様である。十右衛門の梵天組は、その中でも中くらいの規模で、配下は三十名ほどだった。

折羽の清吉は、この時、十九歳、梵天組でも一、二を争う稼ぎ頭《がしら》であった。

あらゆる芸事と同じように、懐中師の修業もまた、子供の頃から始めないと大成できない。特に懐中師は、指先の微妙な感覚が頼りだから、重労働で節くれ立った指になってからでは、どんなに練習しても、ものにならない。

十歳前後から修業を始めて、懐中師向きに手指を育てて、反射神経と迅《はや》さを養い、十四、五歳で一人前になる。だから、懐中師の別称を〈小僧盗《こぞうとう》〉という。

それでも、懐中師としての盛りは二十代半ばまで、三十を過ぎると軀《からだ》が硬くなり現役でいることは難しい。女は年頃になると脂肪がついて軀が重くなるから、さらに懐中師としての限界が早かった。

だから、元締としては、常に若手を育成しないといけない。十右衛門の家にいた子供たちは、あちこちから集めてきた懐中師の卵なのである。

お蝶の手は家事労働で荒れていたし、十一から修業開始というのは、やや遅いのだが、十右衛門は、その不利をこえる天稟《てんぴん》が彼女にあると見てとったのだった。

その鑑識眼は正しかった。

初歩的な懐中師の修業としては、積み重ねた半紙を、右の掌を横へ滑らせて一枚ずつ剥《は》いでいくというものがある。お蝶は数日で、これを熟《こな》した。

そればかりか、左の掌に一枚目の半紙を吸いつけて浮かし、素早く右の掌で二枚目を剥いで、一枚目を髪一筋の狂いもなく元の通りに戻すという難易度の高い業《わざ》すら、半月とたたない内に習得した。

十右衛門が大喜びしたことは、いうまでもあるまい。「十年に一人の逸材」と言ったほどだ。

二年間の修業と見張りなどの補助任務を経て、お蝶は十四歳で見事に初仕事を成功させた。そして、江戸の暗黒街で〈竜巻お蝶〉の異名をとる凄腕の娘懐中師になったのである。

お蝶が十七歳の時、元締の十右衛門は早朝の後架《こうか》で倒れ、意識を取り戻さないまま、死亡した。脳卒中であった。

梵天組の新しい元締の候補は、高瀬《たかせ》の源平《げんぺえ》という男だ。が、清吉も、腕前では源平に劣るとは思えない。組員たちも二派に分かれて険悪になる有様だ。

そこで懐中師らしく両国橋の掏摸勝負で跡目を決めることになった。

その勝負の前夜、清吉を刺客が襲ったのである。危機一髪で難を逃れた清吉は、逆に情婦《いろ》の家にいる源平を襲い、息の根を止めた。

そして源平派の仕返しをかわすために、江戸を出て大坂へ逃れたのだ。

こうして、梵天組は自然消滅し、お蝶たちは組に属さない一本立ちの懐中師になったのである。気の合う仲間はいても、組は作らないで、お蝶は、ずっと勝手気ままにやってきた。

だからこそ、二年前の春に右近と出会った時に、自分の一存で懐中師を廃業し、押しかけ女房となることが出来たのだ。

梵天組が健在であれば、お蝶が堅気になるのは、かなり困難であったろう……。

「言い忘れましたけど、兄さん。あたし、堅気になったんですよ」
二、三杯、熱いのを飲んでから、お蝶は言った。

「うむ、わかってる。水仕事で荒れたお前の手を見ればわかるさ」

「だから、一度だけでいいから、竜巻お蝶の神業を見せてほしいんだがなあ。頼むよ」

「だから……」

清吉は軽く頭を下げた。

「ごめんなさい、兄さん。それだけは出来ません」

お蝶は座り直すと、畳に両手をついて叩頭《こうとう》する。

「いや、いや」

何がおかしいのか、清吉は上機嫌で、

「お前は、俺の頼みを断らない。断れない理由《わけ》があるのさ」

「何ですって」

顔を上げたお蝶の切れ長の双眸《そうぼう》に、怒りの色が湧《わ》き出る。

「断れない理由というのは、これさ」

懐から風呂敷に包んだものを出して、清吉は、それを卓の上で広げて見せた。白鞘《さや》の匕首で、柄に黒っぽい染みがある。

訝《いぶか》しげな表情になったお蝶に、清吉は、その匕首の説明をした。それを聞いたお蝶は、血の気を失って灰のような顔色になる。

「女は風車と同じさ。男の吹かす風を受けて、何も考えずに、くるくる廻っていればいい。わかったな、お蝶」

　笑いを消した清吉は、どすの利いた口調でそう言うと、その匕首を懐にしまった。

「仕事は、五日後の七日。こいつは肌荒れを治す天女膏《てんにょこう》だ。水仕事を控えて、朝晩、こいつを手にすりこみ、せいぜい指先の勘を取り戻しておいてくれ。頼むぜ、お蝶姐御」

5

「なあ、面白い賭けをやらんかね」

　東堀留川《ひがしほりどめ》に架かる親父橋《おやじ》は、吉原遊郭の生みの親である庄司甚右衛門《しょうじじんえもん》が架けたもので、彼にちなんで命名された。吉原は明暦三年の大火のために日本堤の南側へ移転したが、親父橋の名称は、そのまま残っている。

　秋草右近は、その親父橋の近くにある船宿〈藤瀬《ふじせ》〉の裏手で、船頭の房吉《ふさきち》と話していた。一月六日の午後で、空は鉛色に曇り、今にも雪が降り出しそうであった。

「賭け……？」

　年がら年中潮風川風に晒《さら》されて真っ黒な肌をした房吉は、右近が取り出した小判を見て、金壺眼《かなつぼまなこ》をぎろりと光らせる。年齢は四十前だろう。

四日前──両国橋の橋脚に引っかかっていた筵巻の中身は、人間だった。下帯一本の男だ。

二十代から三十代で、死因は溺死《できし》。顔にも軀にも殴られた痕があった。水に漬かっていたので、腐敗の進行の見極めは難しいが、死後五日から十日くらいと推定される。つまり、昨年の暮れに殺されたものらしい。

裸で筵巻にされていたところを見ると、賭場で因縁をつけたか、負けた金が払えなくなって私刑《リンチ》にあったのではないかと思われた。

それが証拠に、左肩に賽子《さいころ》の小さな彫物がある。目は一と六。こんな彫物をするからには、博奕好きに間違いあるまい。

その一六の彫物のせいで、身元は夜までに判明した。花川戸《はなかわど》で質屋をしている加賀《かが》屋利兵衛《やりへえ》の長男で、与茂吉《よもきち》という者だった。

生きていれば今年で二十八になる与茂吉は、どうしようもない半端者で、十五、六から飲む打つ買うの遊びの味を覚えて、父親の金をくすねる始末。

父親の利兵衛は、何とか惣領息子の性根を叩き直そうと、知り合いの料理茶屋で料理人の見習いをさせたり、庭師の親方に弟子入りさせたりしたが、どれも長続きせず、素行は全く改まらない。

与茂吉が二十一歳の時に、父子で大喧嘩となり、ついには勘当《かんどう》となった。

勘当といっても、町奉行所に届け出て勘当帳に載せてもらう本当の勘当ではなく、いわゆる内証勘当である。勘当の後も、母親のお沢《さわ》が亭主に隠れて金を渡していたらしい。

そして、勘当されて反省するどころか、自由になったとばかりに、ますます与茂吉は自堕落《じだらく》になった。

美男子の彼は、あちこちの女の家を渡り歩いて小遣いをせびり取り、酒・博奕・遊女買いの三悪に励んだ。あちこちに不義理をしたり、女の亭主に叩き殺されそうになったりしたので、頻繁に名前を変えていて、誰にどの偽名を言ったのか、自分でもわからなくなるほどだったという。

そんな穀《ごく》つぶし野郎だが、親とはありがたいもので、自身番に駆けつけた利兵衛は、変わり果てた息子の死骸にとりすがって号泣《ごうきゅう》した。

そして、ようやく落ち着くと、涙をふきながら今までの経緯《いきさつ》を左平次に説明して、

「お願いです、親分。息子の仇敵《かたき》を討ってください。与茂吉を殺した奴を、何とぞお縄に。そのためなら、どんなに金がかかってもいい、費用は私が払いますっ」

「金ずくで下手人を見つけたいのなら、恰好の御方《おかた》がいますよ」

万歳殺しだけでも十分に忙しい左平次は、そばで番茶を飲んでいた右近に、利兵衛を押しつけたのである。

こうして右近は、五十両で下手人捜しを引き受けることになった。無論、左平次も乾分の六助たちも協力するのである。

与茂吉と関係のあった女たちを尋ね歩いてみると、彼は半年ほど前から、この藤瀬の二階で開かれる小さな賭場に通っていたことがわかった。

藤瀬を訪れると、主人の庄蔵《しょうぞう》が留守だったので、賭場では壺師をするという船頭の房吉を呼び出したのだが、こいつは意外と口が堅かった。

こっちは十手持ちではないから、無理に聞き出すことはできない。そこで、賭けを提案したのである。

「ここに一両ある。お前が勝ったら、この小判をやろう。だが、俺が勝ったら、ホトケになった与茂吉について知ってることを、洗いざらい話してもらうぜ」

「ようがす。で、どういう勝負で」

「賽子を持っているだろう、出してみろ」

房吉が腹巻の中から賽子を取り出すと、

「顔の前まで持っていろ。そして、臍《へそ》の辺りで左の掌を開け。うむ、それでよい。俺は後ろ向きになる」

右手の賽子が左の掌に落ちるまでの間に居合抜きで切断できたら右近の勝ち、斬りそこなったら房吉の勝ち——というルールである。

「あっしが好きな時に落としていいんですね？　それじゃあ、旦那に勝ち目はねえ」

「まあ、やってみようではないか」

「間違って、あっしを斬らねえでくださいよ。頼みますよ」

　念を押してから、房吉は真剣な表情になった。彼に背中を向けた右近は、脇差の柄の前で右手を遊ばせる。

　ややあって、房吉は、右近の不意を突くように、ぱっと賽子を落とした。振り向きざまに、右近の右手が閃《ひらめ》き、銀光が走る。

　鍔音《つばおと》高く脇差が鞘に納められた時には、賽子は房吉の左手に落ちていた。房吉は、煙草の脂《やに》で茶色く染まった歯を剝き出しにして、にやりと嗤い、

「すいませんねえ、旦那。賭けは、あっしの……」

　そこまで言った時、賽子が横一文字に割れた。

「う……」

　房吉が目ん玉をひん剝くと、さらに、縦に真っ二つに割れる。つまり、賽子は横薙《よこな》ぎ縦割りの二回も斬られていたのだ。

「ひええっ」

　四個に分かれた賽子を放り出して、房吉は腰を抜かしそうになった。

「約束だ、教えてくれるだろうな」

底光りする右近の目が、房吉を見つめる。

「へい、お話しします。何でも言いますっ」

油紙に火がついたように、房吉は喋《しゃべ》りだした。

それによれば、与茂吉の遊び方は大人しくて、この賭場で騒ぎを起こしたことはないという。また、他に通っている賭場もないようであった。

そもそも、博奕好きの者は、あちこちの賭場に顔を出すのではなく、決まった賭場に通い詰めるものだ。だから、賭場がらみで殺されたのだとしたら、それは、昔の揉め事が原因ではないか――ということであった。

「他に覚えていることはないか、どんな小さなことでもよいから話してくれ」

落胆しながらも、右近は、念のために再度、訊いた。

「そうですねえ……ああ、最後に顔を見せたのが師走の二十日でしたか、今度、昔取った杵柄《きねづか》で庭師の手伝いをやるとか言ってましたよ。うまくいけば、大金が稼げるって」

「たかが庭師の手伝いで大金？　そいつは妙だな。どこのお大尽の庭だ」

「何でも、石蕗《つわぶき》藩の上屋敷だとか」

奥州《おうしゅう》・石蕗藩は、二万六千石の吹けば飛ぶような小藩である。新年を迎える前に庭木の手入れをするのはわかるが、半素人がその手伝いをして大金が貰えるというのは、おかしな話だ。愛宕下《あたごした》にある石蕗藩上屋敷の庭が、特別に名庭だという評判も聞かない。

「その後は、与茂吉は賭場に来ていないのだな」

「へい、間違いありません」

何度も頷く房吉の手に一朱金を落とし、右近は藤瀬に背を向けて、歩き出した。

(石蕗藩か、何だか話がこみいってきたな……四、五日前からお蝶の様子もおかしいし、新年早々、頭の痛いことだ)

胸の中で愚痴りながら、神田相生町の左平次の家へ行く。折良く、左平次は在宅していた。

「どうでした、旦那」

女房に酒の支度を言いつけて、左平次が訊いた。右近が房吉から聞いたことを残らず話していると、痩せぎすの若者が顔を出した。

左平次の乾分の松次郎である。

「あっ、旦那」

なぜか、右近を見て、うろたえたような様子になった。

「おう。何かあったのかい」

「へい……あの、言いにくいことなんですが……」

松次郎は目を伏せる。

「焦らすなよ。今の手持ちは五両ほどだが」

「いえ、借金のお願いじゃありません」

決心したように、松次郎は顔を上げた。眉宇《びう》に緊張が漲《みなぎ》っている。

「四半刻《しはんとき》ほど前ですが、姐御……お蝶姐御が、男と一緒に深川の料理茶屋から出てくるのを見ました。清吉という掏摸で、姐御の昔の兄貴分です」

「……………」

右近は、自分がどんな表情になっているのか、わからなかった。左平次は、むっとした顔つきになっている。

「とりあえず、清吉の塒《ねぐら》は小石川《こいしかわ》とわかってるんで、あとを尾行《つけ》ずに、茶屋の女中に話を聞きました。清吉の座敷には、お武家もいたそうです。石蕗藩の用人で、金子銀之丞《かねこぎんのじょう》って人だそうです」

「石蕗藩……？」

右近と左平次は、顔を見合わせる。

「ちょっと待ってください、俺もどうかしている。今、思い出したんだが、殺された三河万歳の彦太夫と千代丸の出入り先の一つが、たしか石蕗藩上屋敷でしたよ。これはどういうことでしょう、旦那」

「むむ……」

右近は両腕を組んで、考えこんだ。

6

翌朝は、きれいに晴れた。大気が氷のように冷たく澄み切っている。

「うむ、江戸家老様がやって来たようだ。しっかり頼むぜ、お蝶」

窓から、道の曲がったところに待機している百姓姿の伊助の合図を見て、清吉が言う。

上がり框《がまち》に腰を下ろしているお蝶は、返事もせずに右手の指を揉みほぐしていた。

渋谷《しぶや》の普陀山長谷寺《ふださんちょうこくじ》は、曹洞宗《そうとうしゅう》の禅寺として有名である。

その北側には、原宿《はらじゅく》村の畑がある。畑の端には、農作物の監視小屋があった。

中には、囲炉裏《いろり》を切った板の間と広い土間がある。清吉、お蝶、それに石蕗藩用人の金子銀之丞、呉服商の辰巳屋市兵衛《たつみやいちべえ》、清吉の手下の征五郎《せいごろう》と定吉《さだきち》の六人は、その監視小屋の中にいるのだった。

「家老の懐から御墨付《おすみつき》を抜けるのは、江戸広しといえども、竜巻お蝶しかいねえ。今まで二度も失敗して、これが最後の機会だ。失敗は許さねえぞ。わかってるな、お蝶」

「ええ」

お蝶は上がり框から立ち上がると、男たちを一瞥《いちべつ》してから、引戸を開けて外へ出た。ちょっと身震いして、道へ出る。

石蕗藩江戸家老・伊藤帯刀《いとうたてわき》が、若党と中間《ちゅうげん》を連れて、こちらへやってくるのが見えた。お蝶は、水色の手拭いを吹き流しにかぶって歩いてゆく。

石蕗藩の内部は今、江戸家老派と用人派に真っ二つに分かれていた。

その原因は、〈紬《つむぎ》〉である。

イラクサ科の苧痲《ちょま》からとった糸で織ったからむし紬は、夏涼しく絹に負けないほどの光沢があり、裃《かみしも》の生地として最高といわれている。会津《あいづ》の名産だ。また、山の痩せ地に生える紫草を使った紫紺染め木綿は、陸奥《むつ》の特産品である。

東北地方でも、一、二を争う貧乏藩である石蕗藩が、起死回生の切札として開発したのが、この両者を合わせた紫紺染めからむし紬だった。製品名を〈石紫紬《こくしつむぎ》〉という。

伊藤帯刀は、慎重に考慮した結果、この石紫紬を日本橋の輪島屋《わじまや》に扱わせることに決めた。

これに反対したのが、用人の金子銀之丞で、辰巳屋に扱わせるべきだと主張したのである。無論、辰巳屋にたっぷりと賄賂《わいろ》をつかまされているからだ。

銀之丞は、現藩主の水野忠照《みずのただてる》のお気に入りだから、石紫紬の専売は辰巳屋で決まりと思われた。

ところが、帯刀はとんでもない一手を隠していた。前藩主・水野忠信《ただのぶ》の御墨付である。

それには、石蕗藩の浮沈に関わる重大事を決める際には伊藤帯刀の意見を採用せよ——と書かれてあるのだ。

専売店決定の御前会議で、帯刀が御墨付を持ち出せば、金子銀之丞は当然として、現藩主の忠照でさえも逆らえない。

だから、銀之丞は清吉に相談して、御墨付を奪い取ることにしたのだ。

そのために、上屋敷の庭の手入れの職人の中に、与茂吉をまぎれこませて、帯刀の長屋に盗みに入らせようとしたが、警戒が厳重で失敗。次に、上屋敷出入りの万歳師に、御墨付を盗むように依頼したが、断られた。それで口封じのために、与茂吉も万歳師二人も殺したのである。

上屋敷の長屋にある御墨付は盗めない。だから、藩主が風邪気味で渋谷の下屋敷で療養中ということにして、御前会議を下屋敷で行うことにしたのである。

そうすれば、帯刀は御墨付を外へ持ち出さざるをえない。その下屋敷へ向かう途中に、お蝶が待ち伏せして、これを抜きとるという段取りだ。

（清吉の奴……あんな外道《げどう》に一度でも惚《ほ》れたあたしが馬鹿だった……）

お蝶は唇を噛《か》んだ。

五年前――娘懐中師として売り出し中だったお蝶は、遊び人の猪之吉《いのきち》という男に巧みに酒を勧められ、酔ったところを犯されそうになった。

が、隙《すき》を見て相手が持っていた匕首を奪いとると、そいつの太腿《ふともも》に突き立て、料理茶屋の一室から逃げ出した。そして、道で会った兄貴分の清吉に、事情を話したのである。

激怒した清吉は、お蝶に帰っていろと言って茶屋へ乗りこんだ。

翌日、清吉は「あの野郎は血止めしてから、散々に脅かしておいたから、二度と顔は見せねえよ。安心しな」と彼女に告げたのである。

美男で頼もしい清吉に、お蝶は恋心をいだいた。

もしも、義父に襲われたという心の傷がなければ、すぐにも清吉に操《みさお》を捧げていたかも知れない。が、翌年、梵天組の跡目争いから源平を殺した清吉が大坂へ逃げたため、お蝶の初恋は終わった。

それからずっと処女を守り通してきたが、秋草右近に出逢《であ》って惚れてしまい、お蝶は、ようやく〈女〉になったのである……。

だが――四年ぶりで再会した清吉は、とんでもない真相をお蝶に告げた。

あの夜、猪之吉は出血多量で絶命し、清吉は仲間に手伝わせて、ひそかに死骸を近くの竹林に埋めたという。

そして、凶器の匕首を保存しておいた。匕首の柄は血で汚れ、そこを握った人間の指の跡が、今でもはっきりと残っている。指先の渦巻きのような模様は一人一人違うから、照合すればお蝶の指の跡だとわかるのだ。

この匕首を町奉行所に差し出して、竹林を掘り返せば、お蝶は死罪を免れない――と清吉は言ったのである。それが厭《いや》なら、俺の頼みを聞け――と。

お蝶は悩んだ。

堅気になった以上、二度と掏摸の業《わざ》は使いたくない。だが、清吉の依頼を断れば、お蝶は町奉行所に人殺しとして密告されてしまう。

何度も右近に打ち明けようとしたが、言えなかった。女房同然のお蝶の殺人の事実を知って町奉行所に訴え出なければ、右近は事後従犯になってしまうからだ。

とうとう現場まで来たものの、未だにどうするか決心がついていないお蝶であった。

長谷寺の境内には、古杉《こさん》老松が連なっていた。陽射《ひざ》しも原宿村の風景も、お蝶の苦悩とは無縁なように、穏やかである。

（そういえば……）

お蝶はふと、昨年の春、庭に夜具を干した時のことを思い出した。

襟首に陽の光が当たって、ぽかぽかと暖かだった。お天道《てんと》さまっていいもんだな――と、その時、お蝶は思ったのである。

懐中師として犯行を重ねていた時には、暑いのと寒いのがしんどいと思うだけで、陽光がありがたいなどと感じたことは一度もないのに。

右近と暮らすようになったからこそ、堅気になったからこそ味わえる、ささやかな歓《よろこ》びであった。そして、堅気の暮らしというのは、こういう日々のささやかな歓びによって支えられているのだと知った。

悪党どもの片棒を担いで掏摸の業を使えば、そんな歓びから懸け離れた生活に、また戻ることになる……。

伊藤帯刀との距離が、二間ほどに近づいた。帯刀は六十がらみで、口をへの字に曲げた頑固そうな顔立ちをしている。

お蝶は三尺手拭いに手をかけた。こいつをはらりと空中で翻《ひるがえ》して、それに気を取られた隙に、相手の左側から袖口を通して金品を抜きとる――これがお蝶の得意業、誰にも真似の出来ない〈羽衣返し筒抜き〉である。右側からならともかく、左側にいる相手に懐中物を抜き取られるとは、誰も思わない。

ついに、帯刀とお蝶がすれ違った――が、手拭いはそのままだった。

小屋の中からそれを見ていた全員が、凍りついたようになった。帯刀たちは、何事もなく歩き去る。

百姓姿の伊助が、お蝶の脇腹に匕首を突きつけて、小屋へ連れて来た。

「お蝶……どうして抜かなかった」

清吉の声には、どす黒い殺意が溢《あふ》れていた。

「てめえ、猪之吉殺しの罪で死罪になってもかまわねえってのか」

「仕方がないさ、自分がやったことだもの」

お蝶は淡々とした口調で言う。

「でも、命惜しさに悪党に手を貸したら、二度と、お天道さまに顔向けできなくなるからね」

「ふざけるなっ」

清吉の平手打ちが飛んだ。お蝶の躯は、板の間へ倒れ込む。

「御用人様、早く下屋敷へ。辰巳屋の旦那も引き上げておくんなさい。この女の始末は、わたくしどもがつけますから」

「だが、御墨付はどうするのだ、清吉っ」

四十半ばの金子銀之丞は、苛立《いらだ》たしげに喚く。

「まだ、手はありますよ。輪島屋の専売に決まっても、たとえば……輪島屋から何か重罪の科人《とがにん》が出たら、どうなります。それとも、輪島屋が出火元で火事でも起こったら」

「な、なるほど……そうなれば、石紫紬の専売許可は取り消しになりますね」

贅肉《ぜいにく》の塊のように肥え太った辰巳屋市兵衛は、頬《ほお》の肉を揺らして頷く。銀之丞も、ほっとした表情になった。

「仕掛けをするのに半年ばかり待っていただくことになりますが、ご辛抱ください」

「うむ、うむ」

「さて……女狐《めぎつね》め。覚悟はいいだろうな」

清吉は陰惨な顔つきになって、

「臓腑《はらわた》が裏返るほど弄《もてあそ》んで息の根止めてから、股倉《またぐら》に太い薪《まき》でもぶちこんで、素っ裸で往来の晒し物にしてやる。色狂いのなれの果てと、みんなが笑うだろうよ」

「こ、殺すなら殺せ」お蝶は震えながらも、叫んだ。

「だけど、右近の旦那だけはわかってくれる。そんな様《ざま》になったあたしを見ても、旦那だけは、あたしが何を守るために死んだか、きっとわかってくれるっ」

「この腐れ阿魔《あま》が…」

伊助が匕首を振りかざした時、

「見なくても、わかっておるぞ！」

大音声《だいおんじょう》とともに、引戸が蹴り割られた。

小屋の中にいた全員が、生きた仁王像のように憤怒《ふんど》に燃えて立っている秋草右近の姿を、そこに見た。

「旦那っ！」とお蝶が叫ぶ。

右近は、ゆっくりと土間へ入って来ると、

「俺の女をいたぶってくれた代金は、少しばかり高いぜ」

眼光鋭く一同を睨《ねっ》め付ける。

「野郎！」

脱臼の恨みがある伊助が、匕首で突きかかってきた。その顔面に、右近の岩のような拳骨《げんこつ》が叩きこまれる。

伊助の軀は吹っ飛んだ。顔は、目も鼻も口もわからないほど鼻血まみれになっている。

「くそっ」

「死ねぇっ」

征五郎と定吉が左右から匕首で突きかかったが、右近は手刀で叩きのめした。

それから、蒼白になっている清吉の方を向いて、その胸倉をつかんだ。

「ま、待ってくれ、旦那……俺は、お蝶には指一本触れてないんだ、だから……」

「喋るなっ」

右近は、団扇《うちわ》のように大きな手でびんたを喰らわした。一発二発ではない、二十連発だ。色男の清吉の顔は、たちまち蜜柑《みかん》のように腫《は》れ上がって口がきけなくなってしまう。

その清吉を外へ放り出すと、右近は、金子銀之丞と辰巳屋市兵衛に近づいた。

「金で済むことなら……」

言いかけた辰巳屋と銀之丞の襟首をつかむと、無造作に二人の額を激突させた。二人とも失神してしまう。

「何だ、俺たちは出番なしですか」

小屋へ入ってきた捕物支度の左平次が、中の有様を見て苦笑いした。

右近は、お蝶の肩に手をかけて、

「――お蝶、立てるか」

「旦那……ごめんなさい、あたし、人殺しの大罪人なんです」

お蝶は肩を落とした。

「安心しろ、猪之吉という奴を殺したのは、お前じゃない」

「え……？」

「たしかに死んではいるが、そいつを殺したのは、清吉たちさ。もっとも、猪之吉の本当の名前は与茂吉というのだがな」

昨日から、右近と左平次たちは、手分けして清吉の塒とお蝶、石蕗藩上屋敷を見張った。そして、今朝早く、清吉たちが出かけると、右近は留守番の伝助《でんすけ》という奴を可愛がって、泥を吐かせたのである。

勘当されて変名を使っていた与茂吉は、お蝶を手籠にしそこねて刺され、手当をしているところを清吉にいたぶられた。

そして、三十両の示談金を取られて、二度とお蝶の前に顔を出さないと誓ったのである。三十両は、母親に泣きついて、出してもらった。

それからも半端な生き方をしていた与茂吉は、昨年の暮れに道端で清吉に声をかけられ、庭師に化けて御墨付を奪う仕事を持ちかけられたのだった。そして、仕事に失敗すると、口封じに殺されて筵巻で川に投げこまれたのである。

猪之吉殺しの証拠の匕首も、清吉がでっち上げたものであることは、説明するまでもなかろう。

「良かった……」

心底、お蝶はそう思った。

「どれ、俺がおぶってやろう。遠慮するな、それ」

悪党どもの始末を左平次たちに任せて、畳のように広い背中に軽々とお蝶をおぶった右近は、小屋の外に出た。長谷寺脇の道へ出る。

「あ、鶴が飛んでいる」

お蝶が言った。右近が空を見上げると、二羽の白い鶴が優雅に西の方へ飛んでいく
「夫婦《めおと》かしら」

「そうかもしれんな」

「きれいだねえ」

「いや」右近があたたかい口調で言った。

「お前の心ほどではないよ」

それを聞いたお蝶は、目から熱い涙が溢れて何も見えなくなった。

番外篇　剣友《けんゆう》（書き下ろし）

1

「何だ、この不味《まず》い酒はっ」

いきなり、卓の上に並んだ徳利を、腕で薙ぎ払ったのは、赤銅色の肌をした馬子《まご》であった。

土間に落ちた徳利は砕けたが、酒が飛び散ることはなかった。中身は、空《から》だったのである。

「おい、親爺《おやじ》。さっきから、ちっとも酔わねえと思ったら、この閻魔《えんま》の権六《ごんろく》様に、水で薄めた酒を飲ませやがったな」

酔いのまわった真っ赤な顔で、酒くさい息を吐きながら、権六という馬子は吠える。

赤い下帯を締めて、袖無し半纏を引っかけただけの半裸体だが、体毛を剃り落とした猩々《しょうじょう》のように逞しい軀つきをしていた。

そこは——信州の定額山《じょうがくざん》善光寺、その門前町の蕎麦屋である。

善光寺は「繁盛の仏都」と呼ばれるほど、六十余州から参拝客が集まる。その善男善女が行き交う通りを、柔らかな春の陽射しが照らしている午後であった。

「水で薄めたなんて、人聞きが悪い。親方《おやかた》、うちの酒はまともな…」

半白髪の老爺《ろうや》が、宥《なだ》めようとすると、

「うるせえっ」

権六は手を伸ばして、老爺の胸倉を摑もうとした——その時、

「やめろ」

「やめろっ」

二つの声が、同時に聞こえた。

「っ⁉」

権六は怪訝な顔つきで、左右を見る。

左側の切り落としの座敷には、三十過ぎと思われる浪人者がいた。中肉中背で、黒い着流し姿だ。飯台の上には、徳利が載っている。

そして、右手の壁際の卓に、箪笥《たんす》に手足が生えたような体格の浪人者が座っていた。年齢は二十七、八というところか。童子格子の小袖に、裾に二本の横縞の入った袴という姿である。卓の上には、海苔かけ蕎麦の丼が載っていた。

この二人の浪人者は、偶然にも同時に、馬子の権六を制止したのである。昼飯時を

過ぎているので、客は、この二人と権六の三人だけであった。

二人の浪人者も驚いて、互いに顔を見合わせたが、

「――どうしますか」

座敷の浪人者が、親しげな口調で言った。

「何とも、間抜けな幡随院《ばんずいいん》長兵衛《ちょうべえ》になってしまいましたな」

卓の浪人者も、そう言って、枡《きす》のように四角い顔に苦笑を浮かべる。

「こんな阿呆《あほう》に二人がかりというのも大袈裟な話ですから、ここは、拙者に任せてもらえませんか」

「では、お譲りしよう」

「忝《かたじけ》ない」

ぺこりと頭を下げる、袴の浪人者だ。まるで、渡し舟に乗る順番を譲り合うような、呑気《のんき》な会話であった。

「このド三一《サンピン》、阿呆とは誰のこったっ」

会話の外に置かれた権六が、目を剝いて吠える。

「この蕎麦屋の中には四人しかいないんだから、阿呆といったら、お前に決まっているだろう。散々、酒を喰《くら》ってから、因縁をつけて飲み代を踏み倒そうとする奴は、阿呆な屑野郎だ」

そう言いながら、袴の浪人者が立ち上がると、

「ぶっ殺してやるっ」

拳を固めて、権六は殴りかかった。

「む」

浪人者は、団扇《うちわ》のように大きな掌で、その拳骨を事も無げに受け止めた。革の鞭で板を叩いたような、激しい音がする。

「え…ああ……?」

権六は顔色を変えた。

浪人者の左手が、しっかりと馬子の拳骨を掴んでいる。そして、凄まじい握力で握り締めているのだ。

「痛《い》てぇ、放しやがれっ」

権六は逃げようとしたが、浪人者が握った右拳を背中側に捻って極めたので、どうにもならない。

そのままの状態で、浪人者は、相手を通りへ押し出した。そして、軽く突き飛ばす。

「わっ」

不様《ぶざま》に、権六は通りに倒れこんでしまった。

「もう、勘弁ならねえっ」

飛び起きた権六は、通りかかった駕籠屋の先棒《さきぼう》から、息杖《いきづえ》を奪った。

そして、それを振りまわしながら、浪人者に打ちかかる。参詣客たちは、わっと四方へ逃げ出した。

「――――」

袴の浪人者は、すっ……と腰を落とし気味にして、半身《はんみ》になった。

権六の息杖が振り下ろされるよりも迅《はや》く、その右手が閃く。

脇差が抜かれて銀の弧を描き、再び鞘に納まるまでが、瞬きをするほどの一瞬の間であった。

そして、権六の頭から、ぽろりと髷が落ちる。

「………あ？」

残った髪が、ざんばらになったので、権六は初めて髷を斬り落とされたことに気づいた。

「う、わわわわっ」

息杖を放り出した権六は、悲鳴を上げて逃げ出す。

参詣客の間から、どっと笑い声が上がった。

「お見事っ」

背後から、着流しの浪人者が言う。蕎麦屋の入口で、成り行きを見守っていたのだ。

「鬼貫流抜刀術と見たが――」

「ご慧眼《けいがん》、畏《おそ》れ入《い》ります」

振り向いた袴の浪人者は、軽く会釈をした。

「鬼貫流の秋草右近です。ご覧の通りの浪人者で」

「それは、こちらも同じ事」

着流しの浪人者は、微笑した。

「桐山弦蔵、楢崎一刀流を少々……どうです。お近づきのしるしに、一杯、やりませんか」

2

「それにしても、右近殿」

酌をしながら、桐山弦蔵は訊く。

「どうして、大刀ではなく脇差で斬ったのですかな。失礼ながら、それは竹光ではないようだが」

それなりに修業を積んだ者が見れば、その人物の歩き方で、腰の物が真刀か竹光か、判別できるのだ。

「いや、竹光ではないのだが……ご覧ください」

秋草右近は、右側に置いた大刀を、弦蔵に渡す。二人は、切り落としの座敷に、向かい合わせに座っているのだった。

「ほう……これは、刃の無い鉄刀ですな」

鯉口を切った弦蔵は、眉を寄せる。少し考えから、改めて右近の顔を見つめた。

「人を斬るのが、厭《いや》になりましたか」

恐るべき洞察力である。

「はあ」

右近は、曖昧な笑みを浮かべた。

「一人斬っただけですが……こんな様《ざま》では、戦《いく》さ場《ば》では役に立たんでしょう。剣術者ともあろう者が、だらしのない話で」

「戦さ場で闘うのと、泰平の世で人を斬るのでは、かなり違うような気がする――」

大刀を右近に返して、弦蔵は言った。

「平時に人を斬ることに慣れてしまったら、それは真面《まとも》ではない。血に狂ったのと同じ事でしょう」

目を伏せて厳しい顔つきになったのは、桐山弦蔵も、人を斬った過去があるからに違いない。

それから、弦蔵は、ぱっと明るい表情になると、

「まあ、飲みましょう。酒は百薬の長と言いますからな。憂《うれ》いを吹き飛ばすには、酒が一番」

「確かに」と右近。

「おい、親爺。酒を、どんどん持って来てくれ」

「へい、へい」

親爺が、三本の徳利と田楽を運んで来た。

「札付きの乱暴者から助けていただいた、お礼です。気兼ねなく、飲んでくだせえ」

「そうか、悪いな」

相好を崩した右近が、田楽に辛子《からし》を付けようとした時、

「右近殿、待った」

「どうしました、桐山殿」

「こいつは、善光寺の名物でね」

弦蔵は、飯台に置いてあった小さな竹筒から、七味唐辛子を田楽の上に振りかける。

「ふうむ……ん、これは酒に合うな」

七味田楽を口に運んで、右近は頷いた。

「そうでしょう。呑兵衛《のんべえ》には、鼻の奥がきゅーっとなる辛子よりも、ぴりぴりっと来

る七味の方が旨い」

そんな銚子で、二人はたわいない話をしながら、酒を酌み交わした。

どうして浪人になったのか、人を斬った理由は何か、今は何で喰っているのか――

それを、右近も弦蔵も相手に尋ねたりはしない。

流れ流れの浪人暮らしが長ければ、誰しも大なり小なり、他人には打ち明けられない事情を抱えてしまうからだ。

だが、右近は、話し方と物腰から、この御仁《ごじん》は江戸に住んでいたことがある――と見当をつけた。

「――時に、右近殿」

酔いのまわってきたらしい弦蔵が言う。

「同門の者を剣友と呼ぶことがあるが、あれは、おかしいと思いませんか」

「おかしい？」

「そうですよ。剣術者は己《おの》れの業《わざ》を追及する者だ。ならば、同門とはいえ、これは競う相手、追い越すべき相手だ。それを友というのは、綺麗事《きれいごと》が過ぎるのではないか」

「なるほど、なるほど」

これも酔いのまわって来た右近は、適当に相槌を打つ。

「剣術者に、剣友などはおらん。すべからく、打ち破るべき相手ではないか。ね、そうでしょう」

「いや、まことに。弦蔵殿の申されることは正しい、うん」

ますます、いい加減な相槌を打つ右近だ。

「いや、同意いただいて、嬉しい。これは、もっと飲まねば…」

その時、若い娘が、蕎麦屋へ入ってきた。質素な身形をした武家の娘で、美しく清らかな容貌である。

「あの……兄上」

右近を気にしながら、遠慮がちに弦蔵に声をかけた。

「お、弥生か」

弦蔵は機嫌良く、娘を手で示して、

「妹の弥生でござる。しっかり者でなあ、愚兄賢妹《ぐけいけんまい》というやつで」

「兄上。また、そのようなお戯《たわむ》れを」

「弥生。先ほど知己《ちこ》となったばかりの、秋草右近殿だ」

「桐山弥生でございます」

弥生は、丁寧に頭を下げる。

浪々の暮らしの中でも、武家の娘としての矜恃を失っていないらしく、爽やかな印象であった。

「秋草右近です。お見知りおきを」

右近は正座をして、頭を下げる。

弥生を見る目が眩しそうなのは、どことなく、江戸にいる最愛の女人《ひと》に似ているような気がするからであろう。

「兄上、実は――」

言いにくそうな顔になる、弥生だ。

「宿に、迎えが来たのか」

「はい」

「ふうむ」

酔いが一気に醒めたような表情になった弦蔵は、

「右近殿。ちと、失礼する。良かったら、明日も、この店で会おう」

「承知しました」

右近は頷いた。

立ち上がって草履を履いた桐山弦蔵は、大刀を腰に落として、店から出た。

それに続く弥生は、入口のところで右近に一礼してから、去った。

「剣友……か」

江戸の埴生道場の門弟たちのことを思い出して、ほろ苦い感傷に浸る、右近であった。

しばらくの間、手酌で飲んでいると——若い男が店を覗きこんだ。身形も雰囲気も、堅気のものではない。

右近の姿を見つけて、店へ飛びこんで来る。

「ここでしたか、先生」

「信吉《しんきち》兄ィか」

右近は、その若い男を見る。

「仕事らしいな」

「へい。親分が、すぐに先生を呼んで来いって——」

親分とは、黒森《くろもり》一家の伝次郎のことであった。信吉は、黒森一家の若い衆である。

秋草右近は、昨日から、黒森一家の用心棒に雇われているのだった。

3

「先生。いよいよ、天狗の郷右衛門と勝負をつけることになりましたぜ」

黒森一家の家の居間で、四十男の伝次郎が勢いこんでいった。

「今までは、善光寺の境内の場所割りは、うちと郷右衛門で半分ずつだったんですがね」

善光寺の境内は、六万坪近い。そこに、掛け茶屋は勿論として、七味唐辛子の店や様々な店屋が数多く並び、芝居小屋や観世物《みせもの》小屋まである。

黒森一家も天狗一家も、それらの店から毎日、場所代を徴収しているのだった。

しかし、どこまで黒森一家の縄張りで、どこまでが天狗一家の縄張りか、今までは明確ではなかった。

それで、両者の乾分たちによる諍《いさか》いが絶えなかったのだが、それをこれから、勝負して決めるのだという。勝った方が、縄張りの境界線を決められるわけだ。

「勝負というと、親分と郷右衛門が一対一《さし》で、賽子《さいころ》でも転がすのか」

「とぼけちゃいけません。剣の勝負ですよ」

伝次郎は、膝をぱしっと叩いて、

「天狗一家の用心棒と、うちの先生が決闘して、勝った方が縄張りの境界を決めるってわけです」

「俺は、人を斬らないと約束したはずだぜ」

昨日――善光寺の境内で、掏摸と被害者、岡っ引を装った三人組の狂言を、黒森一家の代貸が咎《とが》めた。

だが、逆に、居直った三人組に、代貸は袋叩きにされてしまったのである。

そこへ助けに入ったのが、秋草右近であった。

黒森の伝次郎は、右近の腕前に惚れこんで、彼を用心棒として雇い入れたのである。

その時の右近の条件が、「俺は人を斬らない」であった。

「わかってますよ。ただ、足腰立たねえように、相手を叩きのめしてくれりゃあ、それでいいんでさ。こっちが勝てばいいんですから」

伝次郎は、紙で包んだ金を、右近の前に置く。

それを摑んで、中身を十両と判断した右近は、

「わかった」

懐に、金を納めた。

「丼に三杯、濃い茶を用意してくれ」

右近は、丼の茶を飲んでは吐き出して、胃の中を洗浄した。そして、口を漱《すす》いで顔を洗う。酒の気《け》が抜けて、気分がしゃんとした。

「じゃあ、先生。行きましょうか」

「場所はどこだ」

「湯福《ゆぶく》神社の北の方でさ――」

善光寺本堂の西側にある湯福神社は、善光寺三鎮守の一つで、祭神は建御名方神《たけみなかたのかみ》だ。

その境内には、善光寺の開祖である本田善光《よしみつ》の廟があり、樹齢五百年以上の欅の大木

があった。

その湯福社の西側に戸隠街道があり、北へ伸びている。

黒森の伝次郎と秋草右近、そして信吉の三人が、その戸隠街道を歩いて行くと、街道の左の木立の奥に小さな原っぱが見えて来た。

「約束の場所は、あそこですよ」

そこは丘の頂上で、原っぱの三方は灌木《かんぼく》に覆われた斜面である。

「ふうん……」

右近は、周囲を見まわした。灌木の中に伏兵などはいないようであった。

「来ましたぜ、先生っ」

信吉が、緊張した声で言う。

振り向いた右近は、三人の男が街道の方から近づいて来るのを見た。

もう少しで、「お？」と声を上げるところであった。

天狗の郷右衛門や若い衆と一緒に来たのは、懐手《ふところで》の桐山弦蔵だったのである。

弦蔵は無言で、表情も動かさなかった。それを見て、右近も冷静を装う。

「黒森の。約束通り、三人で来たようだな」

赤い鼻をした肥満体の郷右衛門が言った。

「そっちこそ、逃げずに来たのには感心したぜ。天狗の」

「では、早速、勝負といこうか」

天狗の郷右衛門は、弦蔵の方を見て、

「頼みますよ、桐山の旦那」

「うむ――」

弦蔵は進み出て、右近と対峙《たいじ》した。

「――」

右近も無言で、前へ出る。

互いに相手の目を覗きこんでいたが、ほぼ同時に、かすかに頷いた。黒森の伝次郎や天狗の郷右衛門などに気づかれぬように、である。

右近は、さっと大刀を抜いて、

「来い。刀の錆にしてやるっ」

威勢良く吠えた。

「猪口才《ちょこざい》な」

弦蔵も両手を出して、抜刀した。

「そのでかい図体を、真っ二つに両断してくれるわっ」

二人は、間合を詰めた。

「えいっ」

「とおっ」

何度か刀を激突させて、ついに、斜め十字に組み合った。鐔競り合いだ。

「桐山の旦那っ」

「先生っ」

手に汗を握って、郷右衛門や伝次郎が叫ぶ。

「むむ……」

「ぬ……」

二人は、じりじりと斜面の方へ近づいた。

そして、顔と顔を近づけて、ちらっと斜面の方を見てから、再び小さく頷く。密かに呼吸を合わせて、

「うおおっ」

右近が、弦蔵を押しやりながら、後ろへ跳んだ。

が、次の瞬間――二人は、態勢を崩してしまった。

「あっ」

「わあっ」

右近と弦蔵は、そのまま、斜面を転げ落ちてしまう。

「先生っ」

伝次郎と信吉が斜面の縁《ふち》に駆けつけた時には、樹木に遮られて、二人の姿は見えなくなっていた。

4

「いやあ、弦蔵殿は策士《さくし》ですな」

秋草右近は、陽気に言った。

「まさか、弥生殿を丹波島の方で待たせておくとは」

右近と桐山弦蔵、そして弥生の三人は、夕方の善光寺街道を南へ向かっていた。

あれから——斜面を転がり落ちた二人は、黒森の伝次郎たちに見つからないように、こっそりと戸隠街道へ戻った。

そして、丹波島宿で待っていた弥生と、合流したのである。

「まあ、これも年の功で」

「それにしても、あの決闘場所に弦蔵殿が現れた時には、驚きましたよ」

「私の方は、黒森一家が図体のでかい…失礼。巨漢の用心棒を雇って決闘を挑んできたと訊かされた時に、これは右近殿のことに違いないと思いました」

弦蔵も、面白くて仕方がないという表情だ。

「それで、弥生に密かに宿を抜け出して丹波島で待つように命じたのです。決闘の報酬の二十両も前金で貰ったのでね」

二人は、互いに相手が本気で斬り合うつもりはない――と見抜いた。それで、大袈裟な台詞を吐いて、派手に立ち廻りを演じて見せたのであった。

「今頃、伝次郎も郷右衛門も、狐に摘《つ》まれたような顔をしているでしょうな」

「それは仕方がない。用心棒にも色々あって、雇った方が用心しなければならぬ用心棒もいる――と勉強になったでしょう」

真面目くさった表情で、弦蔵は冗談を言う。

「ところで、いつまでも、右近殿、弦蔵殿――では他人行儀だ。呼び捨てにしませんか」

「では、右近、弦蔵でいきますか」

「うむ……右近。それで、蕎麦屋で言ったことだが」

「はあ」

「剣術者に剣友はいないと言ったが、あれはつまり……」

右近が、皆まで弦蔵に言わさずに、

「大丈夫、我々は剣友ではなく、どんゆうですから」

「どんゆう？」

「呑《の》み友達——すなわち、呑友《どんゆう》です」

「こいつはいい」

弦蔵は大笑した。

弥生は、くすくすと慎ましく笑う。

「こんなに楽しそうな兄上、江戸を出て以来、初めて見ました」

「そうかな」

弦蔵は妹の顔を覗きこんで、

「お前こそ、嬉しそうな顔をしているぞ」

「まあ」

頬を赧《あか》らめて、弥生は顔を伏せる。伏せたままで、ちらりと右近の方を見た。

「仕掛けがばれないうちに、出来るだけ善光寺から離れますか」

何やらくすぐったいような表情で、右近は言った。

「今夜は夜旅《よたび》になる。よいな、弥生」

「はい、兄上」

この先に起こる悲劇も知らずに、三人は意気揚々《ようよう》と街道を歩いて行く。

西の空を染める夕陽が、凄惨なほど美しかった。

あとがき

昨年（二〇一七年）八月に刊行された前巻のあとがきに、「第三巻は秋に刊行予定」と書いたのですが、ご覧の通り、今年（二〇一八年）の二月になってしまいました。

お待ちいただいた方々に、お詫びを申し上げます。

この『ものぐさ右近人情剣』第三巻は、光文社文庫版の『ものぐさ右近酔夢剣』から二篇、『ものぐさ右近義心剣』から（幕間を入れて）五篇を収録しています。

さらに、この文芸社文庫版のために、表題作の『殺しに来た男』の前日譚である『剣友』を、書き下ろしました。

このシリーズは、基本的に三人称で展開していますが、前巻『春風街道』に収録した『陥穽《あな》』と、この巻の『九一《くっぴん》』だけは、左平次親分の一人称で語られています。

これは、柴田錬三郎の代表作『眠狂四郎』シリーズに、脇役である旅の薬屋が一人称で語るエピソードが何篇かありまして、私は、この趣向が好きだったんです。

だから、いつかシリーズ物を書いた時に、この趣向を使わせて貰おう——と、ずっと考えていたので、実現できて嬉しかったですね。

それから、『陥穽』も『九一』も、左平次が飼い猫を相手に愚痴をこぼして、おもむろに本題に入ってゆき、さらにコミカルなオチがつく——という落語っぽい構成になっています。

この構成は、前巻のあとがきでも少し触れましたが、『ウルトラマン』（昭和四十一年）の第二話『侵略者を撃て』の真似です。イデ隊員（二瓶正也）のコミカルな演技の魅力が全開で、登場人物がカメラに向かって話しかける演出が、たまらなく好きでした。

ウルトラマンの宿敵であるバルタン星人初登場のこの作品の脚本を、千束北男名義で書いたのが、監督も兼ねている飯島敏宏。

飯島さんはＴＢＳの社員として、『鳴門秘帖』（昭和三十四年）や『山本周五郎アワー』（昭和三十六年）等の時代劇の演出も担当。その後、木下プロダクションに出向して、司馬遼太郎・原作の『俄《にわか》—浪華遊俠伝』（昭和四十五年）をプロデュースしています。これはスタジオ・ドラマですが、林隆三のギラギラした個性が、よく活かされていました。

この巻の幕間の『愛哀包丁』は芝居仕立てですが、これも、私の敬愛する野村胡堂の代表作『銭形平次』シリーズで、こういうお遊びがあったので、真似をさせて貰いました。

ドラマやアニメの脚本とは違って、芝居の台本風というのは、非常に難しかったですね。

前巻とこの巻に、不知火笙馬という美男悪役が登場しますが、これは、柴田さんの『眠狂四郎無頼控』に登場した白鳥主膳が、ヒントになっています。

ですので、イニシャルが、白鳥主膳の〈S・S〉と一緒になるように、不知火笙馬と名づけました。

なお、イニシャルのS・Sは、私の代表作である『修羅之介《しゅらのすけ》斬魔劍』の主人公・榊修羅之介にも、引っかけています。

次の『ものぐさ右近』第四巻は、今夏に刊行予定です。楽しみに、お待ちください。

二〇一八年一月

鳴海　丈

〈参考資料〉

『黒髪の文化史』大原梨恵子（築地書館）
『江戸結髪史』金沢康隆（青蛙房）
『日本の髪型と髪飾りの歴史』橋本澄子（源流社）
『朝日百科・歴史を読みなおす⑲／「髪結新三」の歴史世界』（朝日新聞社）
『別冊太陽／江戸精密工芸尽し』（平凡社）
『歴史読本／江戸ものしり事典』（新人物往来社）
『江戸町方の制度』石井良助・編（新人物往来社）
『三河物語』大久保彦左衛門／小林賢章・訳（教育社）
『講談社名作文庫／大久保彦左衛門』（講談社）
『島原の乱』煎本増夫（教育社）
『兵法家伝書』柳生宗矩／渡辺一郎・校注（岩波書店）

その他

本書は、二〇〇二年十月、光文社から刊行された『ものぐさ右近酔夢剣』と、二〇〇五年十月同じく光文社から刊行された『ものぐさ右近義心剣』を改題し、加筆・修正し、文庫化したものです。